U0923461

1946

埃及九年

庞士谦 著

華文出版社
SINO-CULTURE PRESS

自　序

在过去反动时代，我们中国有些人是跟着拍欧美帝国主义马屁，瞧不起近东的弱小国家，更不愿意去了解它们，好像是它们不配被了解似的。中国就很久没有和它们发生正常的外交关系。如果彼此之间有了问题，是通过欧美的外交人员去传达的。在“七·七”事变发生以后，反动政府才注意到和近东国家的联系，开始设立使领馆。但是那些外交官毫无作用，他们在那里还是和欧美的外交人员打交道，很少理会当地的政府。蒋介石到开罗去开会时，只把他的名片送到埃及的皇宫和政府去。开罗的“印尼独立会”无数次地要求驻那里的中国使馆，希望中国政府在国际、在联合国替他们说句话，但使馆负责人连见面也不肯。

再说，过去国内的汉族，一般地说，对于和他们相处千百年的回族兄弟们的风俗习惯，不甚了解，也很少去了解，所以才常常起了些无谓的误会。

我这本书原来是在归国时，在船上写的日记和回忆，完全是叙述近东各国的状况和国内回族的宗教仪式与风俗习惯。过去虽在《月华》上发表过一部分，但是因为过去外人对于这些问题都不注意，所以也没有把它出版。解放后情况不同了，大家是需要知道国内回族的情况和近邻弱小国家的情况的，这正是这本书出版的时候了。

在这本书的后边有个附录，是一九三九年留埃学生朝觐团日记。这日记是用批评和建议的方式，希望回教人所瞩目的圣地能加以改善，并且对于那天房、黑石和则木则木泉等的误谬传述，也加以批判。

这本书是用日记的体裁写的，其中有些东西都不很成熟，请各方人士多加批评为盼。

庞士谦

西历一九五一年六月六日

回历一三七〇年九月一日

目录

第一章　爱资哈尔大学概况

绪 言

爱资哈尔大学为世界回教最高学府，东西各地回教子弟，不惮跋涉之苦，多有来此求学者。爱大之宗旨，为专门造就宗教海里凡[①]。千百年来造就的宗教海里凡，不可以数计。爱大之地位与日月俱进，越古老，其地位越高超。甚至爱大名字成为宗教与宗教学的标记。任何学校，无与其同名者，任何大学无与其地位相等者。爱大自古至今，确已为回教世界尽其最大义务了。

① 海里凡，亦译“哈里发”，阿拉伯语音译，原意为“代理人”“继任者”。中国内地穆斯林以此称呼在清真寺里学习宗教知识的学生，类同“满拉”。——编者

爱大简史

当法推米王朝名将赵海雷占领埃及后，为准备欢迎其主人穆尔子丁拉之降临，乃建筑开罗城，并在该城内建一宏大礼拜寺，名之为爱资哈尔大寺。这是这座新城中所建筑的第一座大寺。

这座大寺是在回历三五九年五月二十四日——聚礼初[①]（西历九七〇年）开始兴工建筑，至回历三六一年九月七日——聚礼四（西历九七二年）竣工。众人在该寺内第一次做聚礼，是在回历三六一年九月九日。

其后各代哈里发、国王、太子对于该寺均有增修。因此，爱资哈尔大寺的面积渐渐增加，以至有今日局面。

到穆罕默德·阿里执政后，对于爱大更为注意。穆罕默德·阿里之后的各哈里发，多仿效穆氏之行为，修理其建筑，增加其经费，整顿其课程，并为之制定规章。至故王福德一世时，可称为爱资哈尔的黄金时代。爱资哈尔大寺兴修的目的，一为立行宗教仪式，二为教育宗教海里凡，和其他礼拜寺（如旧阿慕尔大寺）之任务一样。

---

① 本书作者在周期的记述上采用的是阿拉伯语或穆斯林的称呼：聚礼初即星期六、聚礼一即星期日，聚礼二即星期一，聚礼三即星期二，聚礼四即星期三，聚礼五即星期四，主麻（聚礼日）即星期五。——编者

爱大的旧制度

爱大自从创立那一天起，其秩序是坦然平易地进行着，缘其以宗教和廉洁为基础。校长是最高的领袖，上自大学者下至小学生，都言听计从。他掌握一切的命令权。若他遇到困难问题，则会请教诸大学者。

学生入学没有任何手续，任其选择教员，在取得教员同意之后，即可环坐其膝下，聆听其功课。如认为不满意时，则可另选其他教员。

其教育基础为宗教教育，按照前人所规定之方法去教，而以宗教学为范围。每一位教师领导一个教学圈，坐在那方椅子上，以便学生听讲。

爱资哈尔大学发祥地——爱资哈尔大寺鸟瞰图

爱大的校长制度

在古时候，爱资哈尔尚无校长。当时间接掌管爱资哈尔的是各时代的国王或太子，直接的是四大教派之长老与管理学生宿舍之长老。

至回历十一世纪时，人事日繁，始确定首领制，统制全校校务，名为爱资哈尔校长，是从有道德有学问之大学者中选举出来的。爱资哈尔第一任校长，是马立克派，名阿布杜拉·海尔士。此是回历十一世纪末叶之事也。自第一任校长海尔士起至现任校长——阿卜杜·拉则格（已故）止，共有二十八任校长。

爱大的章程

爱资哈尔原无规定的课程，后来学生人数增多，功课日繁，科目分类，爱资哈尔之范围扩大，为适应环境之需要，才制定章程。爱资哈尔第一次章程，是在回历一二八八年（西历一八七二年）埃及国王伊斯马尔来·巴沙时代制定的。当时爱资哈尔校长为穆罕默德·阿巴斯·买海底。此项章程始规定，学士位之考试，是由爱大校长选派学者数人组织考试委员会执行之。及格之学生，即可获得学士之证书。学士位分一、二、三三级。

至回历一三一四年（西历一八九七年）埃及国王颁布爱大新章程，扩大学科之范围，并有其他修正之处。此项章程名为一三一四年章程。此项章程对于爱大之复兴，有莫大裨益。爱大古时所研究之许多学科，日久逐渐废弃，经此次章程修订后，古人所规定之各门学科，始得复兴。当时鼓励此项复兴运动者，为爱大校长哈苏奈·乃瓦威氏，赞助此项复兴运动者，为穆罕默德·阿布杜氏。后来此项章程又经修改，即为一九一一年（回历一三二九年）第十号章程。

故王福德一世的希望毕竟实现了。他在一九一〇年制定第四十九号章程，到一九三六年，又重加修正，定名为第二十六号章程。

爱大的现行制度

现在爱资哈尔的课程，是遵照一九三六年第二十六号章程进行的。此项章程规定修业年限为四个阶段：第一阶段为小学，修业年限为四年。本阶段修业期满之学生，即可获得小学毕业证书。第二阶段为中学，修业年限为五年。持有小学毕业证书者，始得升入中学一年级。本阶段修业期满之学生，即可获得中学毕业证书。第三阶段为大学，修业年限为四年。持有中学毕业证书者，始得入大学一年级。大学分三院：

（一）法学院：本院应修各科为：1. 经注学；2. 圣训学、圣训分类学、圣训传述学；3. 法学原理；4. 教律——立法之奥意、各教派之比较；5. 教法史；6. 论理学；7. 哲学；8. 外国语——英语或法语——本科为选修。本阶段修业期满者，即可获得法学院毕业证书。

（二）哲学院：本院应修各科为：1. 认主学；2. 经注学；3. 圣训学、圣训分类学、圣训传述学；4. 论理学与辩论学；5. 伦理学；6. 哲学；7. 哲学原理；8. 回教史；9. 心理学；10. 外国语——英语或法语。本阶段修业期满者，即可获得哲学院毕业证书。

（三）文学院：本院应修各科为：1. 文学；2. 文法；3. 文学组织法；4. 文字学；5. 文学原理；6. 作文；7. 修辞学；8. 文学与文学史；9. 音韵学；10. 经注学；11. 圣训学；12. 论理学；13. 哲学；14. 读本；15. 外国语——英语或法语——本科为选修。本阶段修业期满者，即可获得文学院毕业证书。

第四阶段为研究院，本阶段分为二部：

（一）专门业务部：本部学生毕业后即可获得学士位之证书，并可获得专门业务证。本部又分为三系：

甲、司法系：持有法学院毕业证书者，始可入本系。本系应修各科为：

1. 关于教法法庭者，例如公产部、保管处、皇宫会议等处之章程规则；2. 教法律例；3. 审判实习；4. 教法政治；5. 国际法；6. 宗教裁判与法官；7. 宪法；8. 经济学讲义；9. 医学讲义；10. 天文学讲义；11. 外国语——本科为选修。

本系修业期满者，即可获得学士位证书，并可获得裁判许可证。

乙、传教系：持有哲学院毕业证书者，始可入本系。本系应修各科为：

1. 古兰与古兰学；2. 圣训与圣训学；3. 传教法；4. 演讲与辩论；5. 世界各大宗教及其历史；6. 风俗与异端；7. 外国语——东方语。

本系修业期满者，即可获得学士位证书，并可获得传教许可证。

丙、教育系：持有爱大三院任何一院之毕业证书者，始可入本系。本系应修各科为：1. 普通心理学；2. 教育心理学；3. 教育原理与学校行政；4. 教育史；5. 实验教育；6. 特殊教学法；7. 伦理学；8. 学生卫生设计；9. 图书；10. 写字法；11. 体育；12. 外国语——本科为选修。

本系修业期满者，即可获得学士位之证书，并可获得教学许可证。

（二）研究部：本部毕业学生，可以获得大学专科教授级之学士位。本部分六系，每系修业年限不得少于五年，不得超过七年。兹将本部各系分述如下：

甲、教法与教法原理系：持有法学院毕业证书者，始可入本系。本系应修科目为：1. 法学原理；2. 教律——立法奥义、各派比较；3. 教法史。

本系修业期满者，即可获得教律与法学原理专科教授级之学士位证书。

乙、认主学与哲学系：持有哲学院毕业证书者，始可入本系。本系应修科目为：1. 认主学；2. 论理学；3. 哲学；4. 伦理学。

本系修业期满者，即可获得认主学与哲学专科教授级之学士位证书。

丙、古兰学与圣训学系：持有哲学院或法学院之毕业证书者，始可入本系。本系应修科目为：1. 经注学；2. 古兰学；3. 圣训与圣训学。

本系修业期满者，即可获得古兰学与圣训学专科教授级之学士位证书。

丁、回教史系：持有哲学院毕业证书者，始可入本系。本系应修科目为：回教史以及与回教史有关之教材。

本系修业期满者，即可获得回教史专科教授级之学士位证书。

戊、文法系：持有文学院毕业证书者，始可入本系。本系应修科目为：

1. 文法；2. 字法；3. 文字组织法；4. 字学；5. 音韵学。本系学生可以自由选修希伯来文与叙利亚文。

本系修业期满者，即可获得文法专科教授级之学士位证书。

己、修辞学系：持有文学院毕业证书者，始可入本系。本系应修科目为：

1. 修辞学；2. 阿拉伯文学及其历史；3. 音韵学。本系学生可以自由选修希伯来文与叙利亚文。

本系修业期满者，即可获得文法专科教授级之学士位证书。

旧学部

爱大除上述新学部外仍有旧学部，旧学部之一切，仍按照爱资哈尔旧规进行。

旧学部讲学处仍在礼拜寺中。教授方法仍旧不变，即教师盘足坐于高大的方椅之上，学生环坐周围听讲。无教室，无黑板，无桌椅，学生均席地而坐。此种办法，可能永久这样地进行下去。因为这个旧学制，给求学人以方便。凡有志于求学的人，不论其年龄与资格，更不论求学的期限久暂，只要是愿意学习宗教学或阿拉伯文学的人，皆可入班听讲。(更有些义务教员，在上课时设席讲学，或规定专时讲演，学生不拘)

爱大的文凭

凡在最后考试成功者，皆获得文凭，其种类有以下几种：

一、小学文凭，凡在小学修业期满者，皆可获得此种文凭。

二、中学文凭，凡在中学修业期满者，皆可获得此种文凭。凡持有此种文凭者，皆有在普通小学担任教员之资格。

三、大学文凭，凡在各学院修业期满者，可获得此种文凭。凡持有此种文凭者，可以在爱大、宗教法院、保管处、公产部等机构担任录士，在各寺可担任教员、宣讲员、领拜者以及证婚人。

四、法律学士文凭，凡在回教法系修业期满者，可以获得此种文凭。凡持有此种文凭者，可以担任宗教法院各种职务及律师职务、教长职务、保管处各种职务。

五、传教学士文凭，凡在传教系修业期满者，可获得此种文凭。凡持有此种文凭者，有在各地传教之资格。

六、师范学士文凭，凡在教育系修业期满者，可获得此种文凭。凡持有此种文凭者，可在爱大及教育部附属各校任教。

七、教授学士文凭，凡在专科修业期满者，可获得此种文凭。凡持有此种文凭者，可在爱大附属各院及各国立大学任教。

爱大的行政与最高会议

爱大校长是最大的伊玛目，为宗教与学术的最高模范。

他是爱大各种法规的总执行人。爱大最高会议是帮助他的行政的。

他是最高会议的主脑，如其因故缺席时，副校长执行其职务。

爱大最高会议，是由下列各位组成的：

一、爱大校长。

二、副校长。

三、总教长。

四、各院院长。

五、司法部副部长。

六、公产部副部长。

七、教育部副部长。

八、财政部副部长。

九、大学者委员会两位委员，由国王任选，为期两年。

十、由国王选任教育界名流两员，为期两年。

爱大的附属学校

按爱大校章的规定，其大学部三院与研究院各部，统称为爱资哈尔大学。其余研究回教文化、阿拉伯语言，俾学生毕业后可以升入爱大三院的学校，则称为宗教学校。这些学校的组织是纯粹小学，或是中小学混合的学校。

这些学校所在地是：开罗市、亚历山大市、团塔省、则葛吉格省、石比考目省、艾斯郁推省、都苏格省、地目亚推省、吉那省。这些学校都是爱大的附属学校。

爱大的学生

爱大与其附属的学校，均有埃及人与外国人就学。因其校章规定：无论大、中、小学部与旧学部，均招收回教学生，不分国籍。一九四〇年其学生人数共为一万三千六百七十三人。其中有六百多名外国学生。兹列表于下：

部　别	人　数
小学部	五五六〇人
中学部	三三五五人
大学部	一九六三人
专科业务部	四一九人
研究部	一九二人
旧学部（高级）	四十五人
开罗市与外省的旧学部埃籍学生	一五二六人
开罗旧学部的外国学生	六一三人

爱大的创立为的是发扬回教与阿拉伯的学术。世界回教中的任何大学没有能与它媲美的。因其使命为发扬回教文化于世界各个角落，所以招收学生不分国籍，并且优待外国学生。俾他们学成后，归国宣扬回教文化，领导人类。其外国学生的国籍共有三十六个：

叙利亚、黎巴嫩、巴勒斯坦、外约旦[①]、利比亚、突尼斯、阿尔及利

① 1950年4月24日，外约旦改名为约旦。——编者

亚、摩洛哥、土耳其、朱尔地斯丹、土耳其斯坦[1]、伊拉克、伊朗、阿富汗、沙特阿拉伯、也门、埃塞俄比亚、苏丹、达尔夫尔、尼日利亚、南非、印度、爪哇、苏门答腊、马来亚、中国、日本、南斯拉夫、阿尔巴尼亚、罗马尼亚、匈牙利、波兰、德国、苏联、苏格兰、美国。

外国学生与埃及学生一样地享受一切优待,不分彼此,共同研究功课。这是伊斯兰的大同精神所致。学校当局对于学生们之间的感情是非常注意的。如有人说:“爱大是联合世界上各民族的一个核心,以实现世界大同与永久和平。”这话是毫不夸张的。

爱大当局对于外籍学生,不论物质方面,或精神方面,均给予他们以极大方便,尤其是各回教国所派遣之学生团,其团员所获得之优待,有在埃及学生之上者。此项用意,乃鼓励各地多派学生来爱大求学。俾将来回教文化,得广播于世界的每个角落。

一九四〇年三月,爱资哈尔之外籍学生,已达六百一十三人之多。兹将各地学生人数列表如次:

土耳其学生	七十五人
西北非洲学生(包括的黎波里、突尼斯、摩洛哥、阿尔及利亚)	一三六人
沙姆学生(包括叙利亚、黎巴嫩、巴勒斯坦、外约旦)	一〇三人
苏丹学生	七十九人
埃塞俄比亚学生(包括吉布提)	三十六人
朱尔丹学生	十三人
日本学生	一人
汉志学生(麦加与麦地那)	九人
达尔夫尔学生	二人
阿富汗学生	七人

① 土耳其斯坦,亦称“突厥斯坦”。——编者

中国学生	二十八人
也门学生	三十四人
南非学生	二人
伊拉克学生	十二人
尼日利亚学生	十四人
印度学生	四人
爪哇学生（包括爪哇、苏门答腊、马来亚）	五十七人
总　计	六一三人

学生宿舍

爱大备有学生宿舍，名“勒瓦格”，在大寺周围。首创此制者为哈里发——阿则子·宾拉（约在西历十世纪末）。

后来各帝王、长官、善士逐渐地扩充，以便远方学子之居住，直到现在已有二十九处之多，成立了二十九国学生部。

现在又有新建的宿舍，其中一切卫生设备应有尽有。现在已有本国与外国学生三千零八名在其中住宿（连外埠）。

学生津贴与经费来源

过去爱资哈尔学生之津贴，多系实物，现在已改为现金，每生每月之津贴，最多不得超过二十元，最少不下三元。

爱资哈尔在过去是各代国王、长官、伟人、慈善家的注意点，现在仍然是这样。他们多有将个人私有财产捐赠于爱资哈尔，因此爱资哈尔的预算，一部分为国库公产所生之余利，一部分为国库与公产部之补助，以及其他收入。

爱大图书馆

爱资哈尔藏书甚富，原来多分藏于各学生部及其他地方。西历一八九七年始建图书馆一所，名为爱资哈尔图书馆。该馆所藏书籍近四万部，其中有许多手抄本，约有一万五千部。内中重要典籍，以及珍本书籍甚多。而手写本书中有一部分系作者亲笔所写的。

爱大所属一部分学生部中，现在仍然有藏书室，所藏各种书籍，约有两万余部，内中珍本书籍亦复不少。

爱资哈尔城

爱大当局业已拟定使用约百万镑，在爱资哈尔大寺周围建筑最新式的楼房，以便容纳三个学院与中小学部。

学生宿舍将扩展至两千学生住宿，其办公处与校长宿舍皆将建成完全阿拉伯式。

这个建筑计划，包括容纳两千人的大礼堂、附有印刷部的图书馆、全体职教员学生的医院。此计划将在千年纪念时完成。

科学课程

爱资哈尔对于科学并不忽视。因为《古兰经》命人研究自然，参悟宇宙的造化。爱资哈尔之课程标准中，已规定有相当数量之新科学，俾学生借此易于了解各学。但是在制定课程标准时，已经决定宗教学为主科，科学为副科，在任何方面，科学均不得超过宗教学。

事实是这样，爱资哈尔加授科学，并不违背回教宗旨，因为《古兰经》命人观察宇宙，命人参悟真主造化天地万物的精美，命人研究古代人民的历史。回教关于宇宙的事，如日月的运行，以及动植矿物的生长与其作用，也有不少指示。实际是学生们对于古兰经义绝不能彻底了解，除非对于科学有所研究。所以数学、自然、化学、哲学、历史、地理各科，是研究宗教学的人所不可不研究的。

古时回教中研究科学的学者，颇不乏人，其中有许多人关于科学有很多的著作。所以按实际说来，爱资哈尔加授科学，并不算是什么新鲜事，不过是他们又回到古时回教人的遗行罢了。

外国语

爱大课程标准中加入外国语一科，乃自一九三〇年开始。那时仅规定哲学院最后两年（即专门业务部）的学生，可自由选读东方语或西方语一种。但是年限太短，无济于事。至一九三六年爱大修正课程标准时，始改为爱大三院及研究院各年级（共六年）均须加授外国语。因英、法语用途较广，故规定学生可以任选英语或法语，并规定外国语一科在哲学院为必修课。至此哲学院学生对于外国语一科，是必须负责的。至于东方语一科，只限于传教系为必修课。

东方语一科，并不是只限于某一种东方语，而是所有的东方语，如日本语、中国语、印度语、伊朗语、土耳其语、阿比西尼亚[1]语，均包括在内。东方语一科在传教系乃每班学习一种，如第一班学习日本语，第二班学习中国语，第三班学习伊朗语，如此类推，并非一班之内同时学习数种东方语。

① 阿比西尼亚，今埃塞俄比亚。——编者

爱大的使命

爱大旧有的制度都要保存，并且加入必需的新设施。这是爱大主脑人对于爱大改良的步骤，这也是爱大的一贯精神。

爱资哈尔，现在正在它的千年过程中的最后阶段。它对于传播世界文化与发扬回教精神，确已有相当的成效。

爱资哈尔的使命最重要的，就是传播文化。其次就是将回教精神，发扬到全世界的人民当中，而不是只限于回教人。

回教世界都在集中目光朝向爱资哈尔，接受其正确的思想。凡关于回教的一切问题，各地回教人也都向爱资哈尔来学习。爱资哈尔所说出的话，散居在全世界各地的回教人都以之为准绳。这一切的一切都在证明：爱资哈尔乃是回教世界跳动的心脏。

福德一世时代的爱大

故王福德一世是最认识爱大的使命的。故王知道爱资哈尔对于回教世界影响颇深，故极力扶植之，维持之。因此爱资哈尔的基础，愈形巩固。

故王命令整顿爱大秩序，修改其章程，俾其阔步前进，与其他各大学并驾齐驱。其所厘定之新章程中，加入一部分新元素——回教民族复兴的元素——使学生们能感觉到众人所能感觉到者，并使学生知道现在世界上所周流的学术研究。这些新元素，乃是回教民族相互间，以及回教民族与其他民族间有力的联系。故王福德一世之所以要加入这些新元素，其用意是希望回教的光芒传达到其他的民族中间，并希望将回教的纯洁的基本原则，传达到其他民族间。

现在的爱大

新王法鲁克一世，追随其先父之遗志，扶植爱资哈尔不遗余力。故爱资哈尔向前迈进，更加有力，其进步亦较故王福德一世时为速。

新国王登基后，即在艾斯郁推添设爱大附属学校，并命令在石宾考目与吉纳两地各设附校。此外，国王又以私款为爱资哈尔大寺定制新的设备，大寺内因之焕然一新。

国王并命令，如有回教国家派遣学生团来爱大攻读者，则该学生团之补助费，概由国王个人负担。

结 论

爱资哈尔——世界上最古老的学府，千百年来，就这样不断地努力奋斗，以迄于今日。它不仅可以夸耀以往的光荣历史，并且可以现在的强健与活跃而自豪。尤其可以庆幸的，是在国王法鲁克一世扶植之下，其前途之光明远大，是不可以限量的。

第二章　中国留埃学生的沿革

在很早的时候，就有中国回教学生到外国去学习。大部分是到中央亚细亚和印度，也有到阿拉伯去的。至于到埃及去，却是近百年来的事。

马复初、王浩然留学埃及

有史可考的中国回教人前往埃及求学的，首推马复初阿訇。他于一八三六年到埃及，正式在那里求学有一两年的时间。到一九〇五年王浩然阿訇偕其高足马德宝阿訇于访问土耳其之便，也在埃及居留过一段时间。此后哈德成、周子宾两位阿訇，以及王静斋阿訇偕其高足马宏道君，都曾在埃及勾留过相当长的时间。在第一次大战的前后，有甘肃阶州赵映祥与陕西兴安马开堂二君到埃，正式投入爱大读书。

正式派遣留学生

以上所述，都是个人就便地到了埃及学习，而不是有计划地到那里去求学。至于有计划地公共派遣学生到埃及去求学，则自一九三〇年开始。当时云南回教俱进会向爱大请求派遣学生到该校读书，蒙该校慨然应允。当时由明德中学训育主任沙国珍率领第一届学生于一九三一年十二月二十日到达开罗。这是中国回教团体正式派遣学生的开始。翌年北平成达师范与上海伊斯兰师范也先后派遣学生去埃。

埃及的狮身人面像与金字塔

中国回教人受教育的比率

世界上回教教育最落后的，要算是中国回教了。拿埃及来说，他们受教育的有百分之二十，叙利亚有百分之四十。中国人民受教育的有百分之十到十二，而中国回教人受教育的不过百分之五、六。普通教育既是如此，高等教育更谈不到了。

至于宗教教育，埃及有爱资哈尔大学，印度有第伍板大学与来克脑大学[①]，这都是世界上有名的大学。埃及与印度的宗教学者的著作是领导着全世界回教人的宗教思想的。我国回教人的宗教精神食粮是太缺乏了。自从有了汉译的回教书籍到现在为止，总共不过四五百种，平均每年只有一种。拿现在来说，我们全国才有几个人从事宗教学术的工作呢？近年来回教人的文化水平已提高了，很需要精神食粮，但是我们的产量太少了。希望各方面的多斯弟们，对于这方面的工作多多帮助！

我国清真寺的海里凡有了相当的数量，有了悠久的历史。但是因其太分散而又不加改进之故，所以收效不大。今后如果能把他们集中起来，再加上科学的课程，更进一步使其所读的阿拉伯文现代化，能使其读报、写信、作文、说话，那么将来的效果一定很大。因为可以利用原有的基础，这是事半功倍的办法。

至于小学教育，我们应当在每一个清真寺里附设一个小学，应当使

① 今译“勒克瑙”。——编者

用天课帮助贫穷的儿童上学，不使穆斯林有失学的儿童。再用天课奖学金的办法来资助高才生攻读大学。

今后派遣留学生的办法

至于留学方面，回教团体应当请求政府协助与近东国家交换留学生，以增进东方民族的情感。还应当利用埃及方面给我们保留的名额，选拔优秀的海里凡，再加以训练。可以报考埃大的文、工、医各院，亦可报考爱大。

中国留学生一览表

届别	姓名	别号	籍贯	派遣机构	到埃时间	备考
第一届	沙国珍	汝诚	昆明（云南）	明德中学	1931.12.20	明德中学训育主任，留埃学生部部长
	马　坚	子实	蒙自（云南）	上海伊斯兰师范	同上	
	纳　忠	子嘉	河西（云南）	明德中学	同上	
	林仲明	子敏	蒙自（云南）	同上	同上	
	张有成	子仁	同上	同上	同上	
第二届	韩宏魁	天一	泰安（山东）	私立成达师范	1932.12	殁于 1945.1
	王世明		天津	同上	同上	
	金殿桂	允嘉	泰安（山东）	同上	同上	
	马金鹏	志程	济南（山东）	同上	同上	
	张秉铎		洛宁（河南）	同上	同上	

届 别	姓 名	别号	籍 贯	派遣机构	到埃时间	备 考
第三届	纳 训	鉴恒	河西（云南）	明德中学	1934.3	
	马俊武	兴周	镇南（云南）	同上	同上	
	林兴华	赓虞	蒙自（云南）	同上	同上	
第四届	金子常		济南（山东）	上海伊斯兰师范	1934.5.19	
	定仲明	星五	常德（湖南）	同上	同上	
	胡恩钧	柄权	六合（江苏）	同上	同上	
	林兴智	凤梧	蒙自（云南）	同上	同上	
	马有连	级卿	盘兮（云南）	同上	同上	
第五届	海维谅		宝庆（湖南）	印度来克脑大学	1934 年	
第六届	庞士谦	益吾	孟县（平原）	成达师范	1938.3.23	成达教员，留埃学生团团长、学生部部长，爱大中国文化讲座讲师，埃王法鲁克东方事务顾问

届别	姓名	别号	籍贯	派遣机构	到埃时间	备考
	马继高	骋之	成都（四川）	同上	同上	
	马宏毅	重远	晋城（山西）	同上	同上	
	马维芝		济南（山东）	上海伊斯兰师范	1934.5.19	
	刘麟瑞	石奇	沧县（河北）	同上	同上	
	高福尔		疏附（新疆）	同上	同上	
	杜寿芝		轮台（新疆）	同上	同上	
	范好古	敏之	周家口（河南）	同上	同上	
	张怀德	澄忠	庐氏（河南）	同上	同上	
	熊振宗		广州	同上	同上	
	杨有漪	斐然	北京	同上	同上	
	丁在钦	子明	张家口（察哈尔）	同上	同上	
	王世清	一民	北京	同上	同上	
	金茂荃	宜生	泰安（山东）	同上	同上	
	张文达	思明	沂水（山东）	同上	同上	
	李鸿清	仲华	北京	同上	同上	

届别	姓名	籍贯	派遣机构	到埃时间	备考
新疆	穆哈默德·哈三	沙稚（新疆）	孟买新疆同乡会	1940.2.4	
同学	阿布杜·哈力格	和阗（新疆）	同上	同上	
	奴尔·穆哈默德	同上	同上	同上	
	赛尔德	同上	同上	同上	
	葛西穆	莎车（新疆）		同上	
	阿拉吾丁	同上		同上	
	古比拉汗	同上		同上	
	阿布杜·艾哈德	同上		同上	
	海底撤	同上		同上	葛西穆之女
	艾罕默德	疏附（新疆）		1945.4.10	
	欧拜杜拉	于阗（新疆）		1945.12.17	

第三章　法鲁克留埃学生团的产生

组织考试委员会

民国二十五年十月，北京成达师范学校派马松亭阿訇到埃及向当时爱大校长麦拉额先生接洽派学生事宜。蒙埃王法鲁克一世陛下同意，允许由其供给二十名学生入爱大读书，由成达负责保送。马君返国后，积极筹备送学生事宜。组织考试委员会，邀请华北著名阿訇参加，如王静斋、谢晋卿、米焕章等负责考试。定二十六年六月二日至四日、七月十八日至二十日为第一次与第二次考试日期。今将招生简章列后：

一、名额：二十名。

二、性别：男生。

三、年龄：十九岁以上，二十岁以下。

四、资格：信奉回教，阿拉伯文有相当程度，曾在高中毕业，或高级师范毕业，或具有同等学历者。

五、报名日期：第一次自公布日起至五月三十日止，第二次自六月五日起至六月十日止。

六、考试日期：第一次六月二日至四日，第二次七月十八日至二十日。

七、考试地点：北平东四牌楼成达学校。

八、报名手续：报考者须于报名期内，向本校注册，注册时填交报名书并附交下列各件：

1. 毕业证书（或毕业证明书）；

2. 家长申请书；

3. 体格检验表；

4. 国文成绩一份；

5. 阿文成绩一份；

6. 已读阿文经籍目录一份；

7. 四寸半身无冠无眼镜相片十二张（不用卡纸），报名书及附件第二、第三两项须用本校所备表格。外埠报名得用邮寄，但须用挂号。

九、考试科目：

1. 政治；

2. 教义（古兰、圣训、教律）；

3. 国文（作文、国学、常识）；

4. 阿拉伯文（作文、翻译、文法、会话）；

5. 中外史地（回教史在内）；

6. 算学（算术、代数、几何）；

7. 自然（理化、生理卫生）；

8. 口试；

9. 体格检验。

十、留学年限：定为五年至八年；

十一、留学费：学费免缴。留埃生活费由埃王私资津贴。路费、服装、护照等费，由本校负责筹措；

十二、考试规则、留学手续及出国日期另行定之。

第一次考取本校学生十名，预备下次再考外边的学生。今将其姓名列于后：闪克行、马湘、马保乾、马心泉、刘麟瑞、金茂荃、马维芝、丁在钦、范好古、张文达等。

与中国留埃同学合影

出国前的准备

在法鲁克留埃学生团如此产生之后，成达当局就选派士谦领导该团。于是在第一次考试结束以后，我就到河南去省亲，时在六月二十九日，在我刚要准备返平之时，忽闻卢沟桥事变之消息，平汉路就不通了。

桑坡的清真南寺（民国十三年创立）为一般“伊黑瓦尼”所创办，因为我要出国，他们就发动全坊乡老来给我饯行。白立礼君为该坊主要人负责之一，在当时，白君自朝至暮伴着我，有点依依难分离的样子。在宵礼后归家途中遇刺归主，这是一件很不幸的事！可惜！唯有求主升其品位而已。

清平里寺的一刹那

战事一天一天地扩大，回平之望更显遥远，在家赋闲也非常着急，于是我就到郑汴去探望师友们。适值郑州清平里寺聘我担任教长。该寺为化平回教巨商马良骏先生在民国初年所创，民国十一年聘固原马连三阿訇任教长。当时马阿訇在沁阳汪街寺任教，士谦正在其帐下求学，马师委派士谦前往代理。这是我初次担任教长之职务。那时候的清平里寺正在兴旺之时。此时我再莅该寺，目睹现状之秃废，真有点感慨今昔演变之快耳。

当时有成达同学马全仁、郑道明、李希圣，后又有由平汉线逃来的马湘、杨连珍等为海里凡，临时小学校也成立了。因为郑州为交通据点，唐校长暨王曾善、常子春、白孟余、王静斋诸君，都先后过郑。于是我们对于留埃事宜互相交换意见，决定在内地的留埃生在郑州集中。在我们这一群集在郑地时，蒙郑研真、李相甫、海德甫、马秀歧、马德恩诸社首的多方协助，不胜感激。

军校第十五期招考回民学生班，令余在郑代为招收，该班学生与留埃生等四五十名，齐集郑州。我们就在开斋后十二月十日那天离开了郑州，到武汉去。到了汉口以后，一日数惊，于是就令同学们先行赴广州，留余和唐公在汉办理出国手续。

港禺道上

汉口后寺为各方回胞避难之所，马乐远阿訇热心地招待，诚然显示“天下回回是一家”的精神。

我们到了广州，就住在南胜寺。该坊教长周善之阿訇与羽飞鹏会长及常住此地的苏州王四乡老，都给我们很多帮助。到了香港，与马松亭阿訇、常子春、谢澄波以及由北平逃来的留埃同学和迁桂同学见了面，我们大家都住在摩啰庙寺。因为出国的手续太麻烦，我和松亭阿訇在敌机空袭之下，来往港禺数次。火车都是夜间行驶。有一次我们在龙口附近遇了警报，我俩就躲到山丘的旁边，在那里做了宵礼，静坐了两个钟头，才解除警报。

团员的确定

法鲁克学生团团员原定为二十名，但因为战事关系，第二次考试无法实现，只好除第一次考取者外，另选十名。于是就选上海伊斯兰师范四名，新疆两名，四川一名，山西一名，北平三名。马保乾、马心泉因故不能出国，而上海的四名也只有张怀德与熊振宗可能参加。到了香港后闪克行与马湘因为甘省教育厅之任用，而又前往。所余团员只有十五名：马继高、马宏毅、张怀德、熊振宗、杜寿芝、高福尔、马维芝、刘麟瑞、张文达、范好古、杨有漪、金茂荃、王世清、丁在钦、李鸿清。

在途中

为留学证书、护照、旅费以及埃及方面的许可等问题，在港禺遇了不少的困难，好容易英方给签字了。直达埃及的船只我们又坐不起，只好分段前进。于是我们就购妥了英轮“舍摩摩”号的船票，到加尔各答。民国二十七年一月五日启程。当时我们不谙外语，一切的交涉，都依靠杜寿芝、高福尔的印度话。船上的船员都是印度的回教人。印度回教人对于宗教的热情为回教世界之冠，真表现出“穆民皆兄弟”的精神。我们首先解决了吃饭问题。我们和他们常在一块儿礼拜，在他们知道我是一位阿訇之后，他们更表示敬重。于是我们就利用他们工余的时间，开过几次演讲会，宣传我们抗战的意义。我的演讲都由高福尔来做翻译的。

船在新加坡、巴生都停数日之久，但船长命令不准乘客下地。到了仰光再与交涉，方允许我们到岸上去。当日为“古尔邦节”，我们尚能赶上礼节日拜。我们在此曾去拜访印度回教学者会会长——穆甫提克法也统拉。到了加埠，为登岸英方给了我们不少为难。下船后就住在回教旅客宿舍，该宿舍为一巨商所建，专为回教旅客免费住宿，这样的设施在印度很多。该主人曾到宿舍与我们接谈，他说:“现在你们的国家有了战事，为什么不参加战斗，而出来求学呢？”

加尔各达[①]

加尔各达是印度第一大都会，居民二百多万，其中回教人占百分之二十以上。一六八六年东印度公司设立于此，其时不过是一个小村子，名福托威利亚目，英帝统治印度后尝设国都于此。在那里有回教著名的大礼拜寺、回教学校、义务的旅馆等公共事业：

一、加尔各达的那胡达礼拜寺

加尔各达回教人最可以自豪的，就是那美丽庄严的那胡达礼拜寺，它有东方的样式与艺术的特点，庄严伟大显示在它的建筑上。一个神圣的大厦建筑在伊克巴尔的坟上，这个坟是在艾格拉（Agra）附近的西坎德拉地方。一个有名的宝物镶嵌在它的建筑物上，该宝物为加城回教一个派别名喀其买麦（Cntehi-meman）所赠，而令设置在世界上最伟大而尊严的地方——礼拜之所。

该寺奠基于一九二六年九月十一日，其建筑费为一百五十万鲁比，并树立一座永久碑记，以兹纪念喀其买麦。

该寺有能容一万人的大礼拜殿，该殿有美丽的圆形屋顶，有一对高耸的唤礼尖塔，每一个都是十五丈一尺高。而另有十五个小尖塔，其高度由十丈至十一丈七尺不等，这些都是很吸引游客的。

当斋月来临时，晚上这些尖塔都燃起电灯来，很远可以看见其光辉。

该寺由喀其买麦族人组织的委员会管理。

① 今译“加尔各答”。——编者

二、加城的回教学院

为适应回教人在教育上的需求，西孟加拉政府于一八八一年筹备设立一所回教中等学校。直到一八八四年这所新式的分科学校才正式开课。一八八八年扩充为混合学院，而专门注重师范课程。到了一九二三年省议会才批准其基金，正式成立回教独立学院。一九二四年十二月开工建设，一九二六年六月才竣工。该院直属加尔各达大学。该院有学生四百多人，完全是回教人。伯克尔宿舍，可容二百人膳宿。

该院有实验室，仪器完备。有图书馆，存书七千册。并有阿拉伯文、波斯文、乌尔都文的缮写本多册。又有讲演、救护、刊物编辑等组织。附设有几种奖学金，奖励学生深造。该院的物理学是很有名的。

三、一所私立的回教学校

这所私立的回教宗教学校，是哈不里先生在一七八〇年所创立的，在伯特哈那路的南边，他独立支持这个学校的一切开支。后为政府接收而在一八二四年扩大其组织，设有以下各部：阿拉伯文部，有学生六百人；英波文部，有学生五百六十人；英文中学部，有学生一千五百人。

四、回教社团

该社团是一九三一年所组织的，有宽敞的社址，其中有研究室、图书馆、体育场和庄严伟大的大礼堂。其目的在联络回教人的感情，从事宗教、科学、文学、自然、社会的研究。该社团成员可以享受以下的几种权利：讲演竞赛、合作事业、旅行、游艺运动等。

在加住了几日，无船直赴波赛，于是我们就搭车到孟买。在孟买也是住在一所专为朝觐者所设的宿舍。该宿舍可容两三千人，电灯、自来水一切设备俱全。当我们在该城候船期间，蒙当地的回教士绅不少的招待，尤其是青年会会长艾哈默德君。在那里的新疆同乡会会长沙里哈君也给了我们不少的帮助。为埃及方面的允许入境，曾数次到埃及住孟买领事馆，去求其代电爱大当局。在此勾留约一个月之久，始克成行。乘意轮康特威尔号，八日到波赛，沙国珍部长、王世明同学都来船上迎接，当日乘车抵开罗，时在一九三八年三月二十三日。

第四章　埃及九年

“三·二三”纪念日

民国二十七年三月二十三日那天，我们到达开罗，在车站欢迎我们的，除我国全体同学外，还有爱大派来的代表以及中国同学的外国朋友们。在我们下车后，大家在车站高唱国歌，呼口号后，乘车到皇宫向校方签到。后来就把三月二十三日定为本团的纪念日。在每年的这天，我们要举行纪念仪式，检讨过去，计划将来，并有聚餐、野餐之举，以做纪念。

在一个多月之后，学校停课，准备考试。考后接着就是放假。这个假期很长，于是我们就请教员在家里补习。那时我们住在一块儿，上课在一块儿，吃饭在一块儿，礼拜在一块儿。过了假期就分别到各学院去听课，我到法学院去。每天早晨由我们的住所到法学院的道上，所遇到的大多数是学生，那时我精神上非常愉快，因为我又能回到学生的生活了。

在那年的年终，奉协会令，组织朝觐团，于是我们二十八人一块儿去朝天房，借以宣传我国抗战的意义。

爱大中国文化讲座

民国二十九年我受爱大之聘，担任中国文化讲座讲师，这是回教世界讲中国文化的首创。次年被选为中国学生部部长。回教世界对我国向来有隔膜。直至有了留埃学生以后，学生们之对外宣传向不后人，尤其是在抗战期间更为显著。于是他们对我国才有认识。

在三十一年，同学们都先后获得了文凭。那时候准备回国，为国家为宗教服务。但是在战时交通困难，便一天一天、一年一年地延迟到三十五年才起身。

当三十三年时我们的旅费才领到，但是滇缅路已不通了，要想回国必须乘飞机，那我们的一百镑旅费就不够用了。于是我们托陈克懋秘书向美方交涉，乘美军用机到重庆，蒙美方允许，免费送我们到加尔各达，由加至渝的那一段，必须中国政府许可，才能入境。后来才托使馆向政府代为要求。在半年之后才得到拒绝的答复，只好二次再向教育部要旅费。在此次旅费尚未汇到之时，日本就投降了。

在日本投降之后，我们就打算乘船返国，以便能多带点图书。但是刚停战后，船只缺少，就是有船也都用在复员，所以等候半年多了，还是找不到船。直到三十五年四月十七日，经马天英先生之努力探询，才找得一美轮，由美驶港，由波赛到香港票价四十五镑，于是我们就一方面定船位，一方面赶快办手续，因为是二十四日的船期。

忽于二十二日接到亚历山大陈克懋领事电话称“兹有上海华利公司购买希腊船一艘，不日在此交货易旗，直驶上海。如果你们回国时，可立即准备,届时通知你们来亚乘船返国”等语。后来经我二次电话询问底细,并告知波赛船位业已定好。陈先生答称 :“将该船票退掉。”于是我们就照办。继续等候亚埠消息。

五月一日我亲到亚埠一趟，去探问实在的消息。

庞士谦在爱资哈尔大学“中国文化讲座”任讲师时的照片

在亚历山大

直到六月二日，我们才乘早车由开罗到亚埠去。

当日送行者有使馆马秘书天英、王领事世明及其眷属、使馆职员、中国商界的许多同乡、各团体的代表与不同国籍的好友百数十人。八年多相处的朋友们，于此时告别了。到亚后寓居克马里旅馆。当日到领事馆去接洽，始知该船尚需修理，需要两三个礼拜的工夫。

四日　聚礼三

本团在“中国之友”饭店招待船长、大副、大车以及领事馆中各位职员。

五日　聚礼四

去访友人阿卜杜·拉则格。阿氏为爱大亚埠分校教授，为人品学兼优，多年来为中国学生导师。访后并与阿氏同去拜访分校校长，接洽迁住问题。蒙校长允许，腾出学校宿舍三间供我们居住。

此次最麻烦的，要算那二十多个书箱了，加之埃政府限制书籍出口，因此在数月前我就给亚埠海关的一位朋友阿里先生写信，询问书籍出口的各种手续，后来经他介绍，由在财政部的一位朋友赛尔德给我们办理出口手续。到亚后又同阿里先生去拜访一位税关检查员，请其帮忙，蒙被慨允。

六日　聚礼五

到领事馆去，领事告余曰:“该船系货船，贵团同学乘这船有许多方便。第一是中国船，第二无乘客。但希各位都担任一点工作，协助船长把这只船带到上海。”

七日　主麻[①]

应阿卜杜·拉则格先生之请，在其家中用午饭，同时与七年前在其家乡申书尔所见过之两位中学教员相见，异地重逢十分亲热。

八日　聚礼初

因决定于十四日上船，所以迁居之拟议作罢，继续在旅馆住下去。该旅馆每人每日收费十毛，但尚幽静凉爽。亚埠生活水平较高，每天吃住最少费用一镑。不过距上船日期不远，只好将就几日。

① 主麻，亦称“聚礼”，阿拉伯语音译，即星期五。——编者

与阿卜杜·阿则子教授的谈话

九日　聚礼一

在阿卜杜·拉则格家遇见一位教授，名叫阿卜杜·阿则子。他询问中国回教情形："中国有多少穆斯林？"我回答："五千万，占全国人口十分之一。"又问："回教人比外教人的文化水平怎样？"我答："落后！"问："为什么？"我答："中国回教人落伍与世界回教人落伍之原因是一个，那是受不贪'顿亚'[①]的教训太多了。殊不知古兰、圣训中，命人今后两世兼顾的教训很多。有一次一群人去见圣人，其一人说：'我多礼拜。'另一人说：'我多持斋。'穆圣问：'你们哪一位的生活最富有？'一人指出第三者。穆圣说：'他是你们中的最贵者。'诸如此类的经训很多。由此段圣训可知道圣人是怎样鼓励人来实践'今世是后世栽种之场所'。我们并不是反对'不贪顿亚'，不过回教是今后两世的宗教，与佛教不同。"那位教授听了默默无言。

十日　聚礼二

阿卜杜先生偕余与数位同学参观水族馆。该馆规模不大，但是有各种淡水鱼与海水鱼，并有一九三一年在亚埠附近所捕获之鲸鱼骨架，全长二十四米。还有其他各种模型及捕鱼的利器。该馆领导人为我们一一讲解。最后我们来到其办公室。据主人称，该馆创设不久，所以其大部分的书籍皆为外国文。最后赠送我们每人两本阿文小册子，是关于水族

① 顿亚，即今世。——编者

学的。

十一日　聚礼三

陈领事特在领馆设茶点为本团送行，并请船长、大副、大车及大车的太太出席。我们和领事、船长还谈妥了我们在船上担任的工作，并经各人签字。用过茶点后，领事特留几位同学做象棋比赛。

船上工作的分配情况是：我担任誊写，三人帮助监视罗盘针，两人帮助餐厅，七人帮助做清洁等工作。

与老师同学在一起

两番拜合礼问题

十二日　聚礼四

在阿卜杜·阿则子教授家中，与其谈“两番拜合礼”问题。彼为马立克派，我问他马派对该问题之主张。彼答：“旅行人、住‘阿尔法特’人以及有特别事故者，皆可‘合礼’。如公务员与工人在其工作时，不能按照时间礼拜，皆可‘合礼’。合礼的方法是这样：可将晌礼与晡礼合在一个时间礼，昏礼与宵礼合在一个时间礼，提前或推后皆可。按此问题在沙斐尔派亦如此主张，独哈乃斐派限制太严，除朝觐住‘阿尔法特’时，不能合礼。”“圣人在午前旅行时，则延迟晌礼至晡礼时下驼来一起礼两番，如果他在午后启程时，礼了晌礼再乘骑。”另一段：“当在太阳稍偏之时圣人出外旅行，则将晌礼与晡礼一起礼完才启程。”这两段都是真正的圣训。前段证明旅行人可以延迟前番拜与后番拜合礼。后段证明可以提前礼。这是伊本·阿拔斯、伊本·欧默尔以及许多撒哈拜们的主张。马立克、沙斐尔、艾哈麦德都如此说法（见《苏卜伦赛兰圣训集》）。

十三日　聚礼五

今日到阿里先生家去，告知他明早上船，并让阿卜杜·哈力格将旅馆与运书之账目结算清楚。晚上又到阿卜杜·拉则格家中辞行，并托他代向爱大院长致谢与辞行。

阿里先生的友情

十四日　主麻

早晨不到九点钟，阿里先生就来旅馆等候，而且是从检查员法西穆先生那里来的。今日本来是他们休息的日子，因为我们的事他们都出动了。九点半公司的车子才来。原定为汽车，而来了一辆运输的大马车，装载行李，另一辆骡车装载书箱直赴码头。约十时许到了海关，其负责人麦哈穆德·伯与几位检查员都在座。经阿里先生介绍，我与彼等一一握手道“色兰”，然后将财政部之许可证交彼查看，并恳其免查，当即准许。但是还有各项手续费。后经法西穆先生向其说明，才得以免收一切手续费。于是我们向麦先生及以下各职员道谢，而后直赴船上。有名的埃及税关之难关如此容易地渡过了。其原因何在？伊斯兰兄弟之情也。阿里先生陪同我们上船。本拟一同去附近之礼拜寺礼主麻，但因刚上船，有整理行李、清算搬运费等之麻烦事，故只得请彼一人前去。下午将各人的睡位与工作都安排好了。该船船长系挪威人，在中国多年，大战时在沪被日人俘虏。日本投降后释放出来去了伦敦，新由伦敦到此接事。大副亦挪威人，年二十三岁。大车名 Aldrced E. Commiade，年四十二岁，其父为英人，在中国邮政界服务多年，于大战期间死于上海；其长兄亦在中国服务多年，被日军杀死；其母为马来人。彼生长于中国，通中国语。此外，二副与二车皆西班牙人，三车为埃及人。船上除本团外尚有四位中国人：邹玉发，山东人；陈归本，宁波人；甄朝信，广东人；王奉钦，温州人。

十五日　聚礼初

诸位同学开始工作，亦有下船去结束其在亚未了之手续。我本来也打算下船去向诸友好及领馆人员告辞，但因领事要到船上来，船长所预备的是中国菜，而又约我作陪，无暇下船去辞行，只好写了几封信向他们告辞了。并发北平与重庆两封航信，报告明日开船。

埃及各界代表欢送中国回教法鲁克学生团回国。1946年摄于开罗车站

第五章　由亚历山大到亚丁

在地中海

十六日　聚礼一

早晨船开动了。在埃及住了八年多，它已成为我们的第二故乡，从此要告别了。不数时船已驶入地中海，并开始动荡了。其摇摆虽不厉害，但是我们已受不了,不但是昏头昏脑,而且不停地呕吐。我自早点后就倒下去,直到次日早晨快到波赛时才能起来，一个对时都没有吃饭。

十七日　聚礼二

在开早点时，船长对我说："晕船时只能吃干的，不要喝水，不要食水果。"我向同学们询问昨日的情形，据说除二十三人没有呕吐外，其余的都尝到了呕吐的滋味。船到波赛时停了几个小时，是在办理过苏伊士运河的手续。还要再次上水，可能得直到科伦坡，其沿途不再上水了。遥望波赛，锦绣如一大公园。对岸的福德港更为美丽。那里有重要的工场和游泳池，那已属亚洲地方了。回想八年前我送天一、秉铎回国时，他俩在这里游泳，我和达阿訇、沙部长在岸上喝茶观赏。不觉已到如今。天一呢？已不幸在湘桂大战时牺牲了。下午晡礼时，船濡濡地向苏伊士南行。我和同学们坐在甲板上，观赏两岸的景物。同时我对他们说：今夜为我们的黄金时代，过了苏伊士，入到红海，恐怕没有安宁的日子吧！

过苏伊士

十八日　聚礼三

上午九时船抵苏伊士港，稍停，即于十一时半继续南行。两岸的山脉皆可望见。此处甚狭。这是入红海的第一日，风平浪静。

十九日　聚礼四

两岸之山仍可望见，海面平静，气候凉爽。为同学工作问题，曾一度争论，后来才渐渐地解决了。

二十日　聚礼五

今日是由苏伊士开船的第三日，稍有风浪。除茂荃外，大家都已习惯了，照常吃喝和工作。以后如无更大波浪，求主就可以安抵上海。自苏伊士至亚丁，共一千三百二十英里，至日落已行四百余英里，三分之一已过了。但闻同学们说船底水库破一洞，如其在下午修理不好，就得去苏丹修理。继而王奉钦来说："庞先生！这船底破一洞，要到苏丹港去修理，我们不如到那里换船好了。因为这是条老船，恐到印度洋有危险。"我回答说："不要怕，如有危险，船长一定会通知我们的。况且该船在未修理时，尚能从希腊开到亚历山大，而在亚又加以修整，绝能航至中国。"下午闻有人说，已将破口修好，不往苏丹港去了。

二十一日　主麻

早晨风浪尚小。晨礼后独坐船尾，远望大海遥遥无际，偶然看见三四尺长之鱼成群跳跃。诸同学的工作渐上轨道，而少了许多麻烦，因此康先生对我说："学生们都工作了，却没有什么'倒舍'。"（"倒舍"是

埃及土语之音译，麻烦的意思）

二十二日　聚礼初

昨夜无风，始觉红海之热，夜半未能入眠。今晨又起得很早，拜后坐在船尾写日记时，才觉有凉风拂面，稍有寒意。今晨里程表已达七百英里，到亚丁的路已超过半数。下午海面平静无浪，船行颇稳。但今夜又是闷热而不能在舱中睡觉。

二十三日　聚礼一

今晨海面之平静，为启程以来所未曾见，但气候却更热了。今天是礼拜日，我们大伙商约吃饺子。

回民代表问题

中国现在正要往民主之道上走去，但是对于这数千万回民若无适当的办法，还要用那压迫防范的政策，将来是不胜其压迫与防范。这次抗战，回民尽了不少的义务，但是他们应得的权利呢？不错，权利是争来的，不是白送给的。旧金山会议时，各党派皆有代表参加，但却不准回民代表参加。将要召开的国民代表大会，恐怕仍不让回民依数选其代表吧。共产党的少数民族政策是很正确的，头脑清醒的人们可以好好地想想。

由正午直到下午五点钟，都没有一点风，所以红海正可以尽量地发挥出它那炎热的威力，把人们逼得无处站坐。隐约瞥见一个山头，名曰黑沙巴岛，是入红海以来仅见的一个岛屿，大约离亚丁不远了。

曼德卜门

二十四日　聚礼二

岛屿不断地突出海面，水鸟也成群地追着船尾飞翔，但和前天所见的燕子似的水鸟却有些不同。今天天气更热，但同学们依然耐着性子去做所规定的工作，可以锻炼其精神。下午五时许，到达伯里姆岛，日落时通过曼德卜门。这里是阿拉伯的门户，该岛雄踞海中，上面英帝建有坚固的炮台，为防御远东的重要堡垒之一。它和苏伊士、直布罗陀遥遥相对。这三处都是阿拉伯人的地方，而今却落到异族人的手里。早年先祖们为这些地方的开拓和经营，煞费了很多苦心，后辈子孙却不能保守，岂不愧乎？

拜访努阿曼、拜哈尼二位同学

二十五日　聚礼三

晨六时许已达亚丁附近，直到十时才入港。于是就开始上水、上煤。煤工约四五百名，都是一般贫穷的苦力，逢人就伸手乞讨，甚至无人时就任意偷窃。宏毅一不小心，被他们偷去一件西服，幸而被埃及工人发现了，将衣服追回。午后和同学等到岸上去游，并去探望故友努阿曼和拜哈尼等同学。该地为山城，由海岸到市区约有七八里。乘小汽车每人半个卢比，爬上一个大坡，穿过一个隘口，才到市区。该城完全被山包围，终年少雨，酷热而干燥。我们下车后，被人带到拜哈尼先生的家，相见之下，不胜欢喜之至，旧友重逢，别有滋味。拜氏为亚丁附近人，幼而失明，曾留学埃及，那时他的同伴共五人，努先生是他们的团长，于三年前回国。拜先生现任教长，并有认主学等著作。努先生回国后，曾任也门教育部长，后因和也王意见不合而被捕，出狱后在亚丁组织“自由党”，从事革命工作。可惜未见到努先生。我们和拜先生谈了好久，于暮时方回到船上。

亚丁的文教状况

该地区原为土耳其属地，一八三九年为英人所占，成为直属殖民地，亦为船舰往远东去的一大煤站。但是英人的势力渐渐扩大，所以附近之九个部落，虽名义为保护地，而实际上已成为其直属殖民地了。英帝殖民之方法，是笼络各酋长，给人民以小馈。例如在那里没有正式邮政，英政府就派人去代办，免费收寄。又如在那里旅行，交通工具甚少，又加道路崎岖，很不方便，英人就预备下几架飞机，供各酋长和与英政府有关的人免费乘坐。这种“给块糖吃”的政策，居然有一部分人觉得满意。该地共分四区：一、海岸区，名特瓦西；二、麦阿里；三、舍海欧斯曼；四、城市区。只城市一区的居民，就由战前的四五万人，增至目前九万人之多。信回教的阿拉伯人约占百分之八十以上，还有印度人、非回教的阿拉伯人、犹太人、索马利人、欧洲人等。全城设有初级小学两所，政府设立的中小混合学校四所。学生总计约两千四百名。还有两所女子中学，亦系政府设立。其他的私塾甚多，约有学生一千五百名。此外还有印度人、犹太人所办的学校。关于报刊，仅有四份：《亚岛青年》《亚丁消息》《美国呼声》《法国论坛》。每周只出两次，没有其他日报。另外有英文刊物两份。英人在该区设有英国社团，为社会服务机关。不但这里有，凡和英人有关之地，差不多都有此种社团之设立。在埃及也设有此种组织，专做文化侵略，如举办各种补习班、教导学生、学术演讲、书报阅览室等。在城市区有礼拜寺五十三所，海岸区四所，麦阿里三所，舍海欧斯曼九所。

该市虽有自来水，但是由一千几百尺深的井内吸出来的。

第六章　由亚丁到科伦坡

二十六日　聚礼四

上午继续上煤。这两日完全成了煤的世界，共上煤八百吨，寿芝与哈三又到市上去购物，但是并未问清开船时间，忽然于下午一点半时，船长通知两点钟开船。于是大家都着慌了，因为他二人尚未回来，又无法通知他俩，也不能请船长等候。最后在船上遇着两位当地人，请人家通知他二人。果然不错，他俩得到了消息后，赶快回来，但是船已开出口外了。于是他俩就通知海关警察，海关上就打灯语请船停在海心，用汽艇把他俩送回来。

二十七日　聚礼五

船已开始摆动得厉害，许多同学已不能支持了。但是我勉强挣扎，在船尾舱板上坐了一天。午饭还可勉强吃了一点，到下午完全吐了，到了夜晚也不能在舱板上坐下去了。因风过大，头昏也更加重了，不得不下舱去睡觉。

二十八日　主麻

船更摆动了，简直起不来了。不能饮食，直到第三天才勉强喝了一点水。

七月五日　主麻

自从二十八日倒下，每日由阿卜杜·艾哈德和麟瑞、维芝送点食物在床上饮食。如此八日之久，直到五日才能到舱板上去了。自五日以后，每天才慢慢地由船尾移到船中去坐。

八日　聚礼一

两日以来都是沿着印度海岸南行，所以船不很摇动。但是因为同学晕船而影响工作，又惹起了船长的不满意来。

晕船的时候，躺在床上，思家的心更切了，更觉得自己的家乡——桑坡可爱了，于是就把它的一切重温了起来。

我的故乡桑坡

桑坡是河南孟县三百六十个村子中一个绝无仅有的回民村子。它的居民约有一千两百户，人口在一万以上，因为大家庭居多数。它是五代时蔡维翰的故里，因而有此名。

回民何时到达此地，我们已经不知道了。据传李自成、张献忠时屠杀豫北人民太多，于是一部分回民便由山西洪洞县迁到此地。八十年前村中尚有汉民数户，后来也慢慢地迁出去了。

桑坡共分十四个区域：马凸、义学、沟沿、杨庄、八家庄、十家庄、老寺门、张后门，以上为西桑坡；东桑坡包括寨内的白老院、北寺、郭坡、寨窟窿、十字集、南寺，寨外的老坑沿、杨屹峭、全兴合门。

清真寺十三座，男寺七座：老寺、西寺、张寺、南寺、北寺、东寺、新寺；女寺六座，分在五个区里：马凸、老寺门、张寺、郭坡、白老院胡同、全兴合。

全村千余户中，以丁、白、张为大户，每姓以数百户计。庞姓虽可比丁、白等姓古老，但是它的人数却不显得旺盛，至今亦不过十余户而已。记得有将全村的姓氏编为歌儿唱的："丁白张，买拜王，郭马姬，闪哈杨，李卢艾，袁麻庞，彭摆沙，满刘尚。"

这里土地相当肥沃，南距黄河不过八里。但在这八里之中，紧贴着村子尚有一条蟒河，作为这里农耕上唯一的灌溉使用。但是因为人烟稠密，而可耕之地却显得是那样的稀少，全村也不过二十余顷，平均每四人才得一亩。

因此，这里的居民多靠硝皮之制造与贩卖为业，唯不知改良而默守旧法。其生皮原料，大都来自西北甘、宁、青各省，在家制成货后，再运到长江一带去销售。所以在经济方面，大都是小康之家。

这十三座寺各寺设有私塾式的经学，总共有海里凡百余名。凡本省及长江一带的学子，大都负笈求学于此。这里出过不少阿訇，尤以讲理学和认主学为最著。各寺有男女儿童数十名，在那里受经堂式的教育。

每年在圣纪节或喜丧大事时，大家都要聚餐，所谓“过乜忑”，开经完经，非常热闹。尤其席间海里凡们的阿拉伯文（或波斯文）的歌唱赞词，有慷慨激昂的，有和声的，有悲哀的，真是各显其能。

斋月，更是无比的快乐了。每当太阳西斜的时候，孩子们便都群集在清真寺的大门前，敬候着开斋令下。阿訇一声叫“都阿”，孩子们会如雷一样地轰动，叫着“开斋了！开斋了！”声振满村。入夜则寺内明灯高照，阿拉伯文诗歌的赞颂声到处飞扬。热心的乡老们在开斋时还要送开斋饭给大家开斋呢！

斋月前的伯拉特月，各家都开始准备斋月之来临，争先恐后地转伯拉特，表现出他们对斋月的热爱，尤其是阿訇们的收入，就像是麦季到了一样。

说到桑坡的教育，实在太可怜了。从前虽有私塾之设，但读书人寥寥。唯姬姓为书香之家，姬书富老先生——求主升其品级——为前清之贡生。其子绍公，品学兼优，余幼时尝从其门下，可惜少亡了。那时受过高等教育的人，亦不过三五名而已。甚至于受过中等教育的亦不称多。

到民国二十年前后，张文政先生始在村中创立一完全小学校，现在一般青年学子，皆出自该校。

至于它的行政管理，被分为东西两部，各设警局。每日的集市，也轮流在东西两村开设，而形成一个相当繁荣的市场。

四月麦黄了，这是农村最快乐的一个季节。一年的辛劳，今天得到了收获。在这时他们享受着大的吧咋杏和一面发红一面发青的花红（苹果之一种）。

五六月间，有田寺的长把酥梨、孟江的大甜桃、化工的黑子红瓤的西瓜和红子绿皮的脆甜瓜。

八月，有桂蓝青的揽柿、小火罐烘柿，以及核桃、柿饼、石榴、苹果、小灵枣等，无不应有尽有而布满于早晨市集上，真可谓良辰美景。

市上设有本地面馆，随时可吃点饺子、炒馍、胡辣汤。还有白全泰家的滚凉粉及其驰名的浆面条，白玉县家的蒸馍、枣糕，老彭家的炖肉、肉丸，白金宝家的烧牛肉与肉包，杨伯书的烧饼，拜吉的肉合，以及白恩林的水煎包。同时又因为回教人不食外人的食物，所以一切都靠自己来做，而有全兴正的酱园，制造各种酱菜，并有各种点心及糖果之制造，例如豆腐、粉条、酱油等，供给全村。

二杨阿訇

二杨阿訇杨振龙，曾在咸同回民革命之前，投陕西周老爷帐下，为在陕西之两位著名河南阿訇——张古董与二杨是也——之一。

他学成回豫后即设帐讲学，由是河南开学之风兴起。彼曾设帐于开封善义堂清真寺。该寺为陕西人坊。陕西人主观太深，向以陕籍阿訇为独尊，因二杨阿訇曾在陕求学而聘之。但是总以为陕籍学者高之一筹。一日陕籍学者知名阿訇者爷（者豹子）旅行至汴，下榻善义堂，当其跟随伊玛目礼拜时，还是照旅行者之礼法——两拜。于是拜后二杨便告者爷说:“旅行者于跟随伊玛目时，应当照伊玛目之礼法——四拜。”者爷大悟，乃于主麻日讲卧尔兹时，对该坊乡老大骂（陕西习惯），认为如此之学者，而不以学者来尊敬他，实为大错。由此一般乡老们对这品学兼优的阿訇，特别尊敬矣。由此我们可以知道，那些学者之对真理直言不爽，有错时则直然承认而不诡辩与强词夺理，这伟大的精神，我们应当效法。

杨有四子，除行二行三未业经者外，其大少与四少，皆为一代知名之阿訇。前者名杨泰恒，聪慧过人，十八岁时即设帐讲学，豫省各大寺，都曾被其教化。其四弟杨泰贞与皖籍王宝云大阿訇皆其高足。四少虽较长兄为迟钝，但思想过人、学识渊博，被誉为“阿訇之王”，余幼时曾投其帐下。泰恒阿訇之大少爷杨良俊阿訇亦为当代名阿訇，在豫晋各处开学，想今已近九十岁矣。

昔日桑坡阿訇辈出，除杨家而外，例如白应堂阿訇、白恒升阿訇、白五阿訇、张秉礼阿訇、丁锡忍阿訇等。

在迎接一位新阿訇到任的时候，教民们都结成队，到数里之外去迎接。入街则沿街摆设贺桌，也有致欢迎词者，叫“表话”。记得其中有这么几句：“我们应当张灯结彩，围屏挂画，摆队迎接……”这表现着教民对他们的领袖是多么敬爱哟!

到科伦坡

九日　聚礼三

上午九时许抵科伦坡。埃及水手们因船上待遇不好，向船长要求改善伙食。但船长是那样的悭吝，怎么会答应他们呢! 况且由亚历山大开船后，他就想到科伦坡换中国水手。于是问题闹僵了，埃及人要下船，而船长只答应给工资不付回程旅费。埃及人就诉诸当地海员事务局。

此处于前年新设我国领事馆，领事杨先生，江苏人。据他说在此处等船到上海去的人，已有数百名登记了。

十日　聚礼四

我因为晕船缺少饮食，行路无力。但是因为急于早日到上海，所以不得不下船到领事馆去，请领事帮忙找船。但是船停在海心，来往必乘划子，来回一次要一个卢比，由海岸到领事馆要电车费两角。

十一日　聚礼五

船长对我说 :“你们在舱内的书籍要搬出来，因为这船包给英国军用了。”但是这二十多个书箱，放在何处呢?

十二日　主麻

未下船。

十三日　聚礼初

未下船。埃及船员皆退职了。

十四日　聚礼一

与杜寿芝、哈三列席当地回教学者会在札西里学院所举行的会议。

十五日　聚礼二

船员皆换为中国人，系由孟买招来的。大师傅也换的是中国人。他们每日要用猪油炒菜，于是我们的吃饭又发生了问题。

十六日　聚礼三

再访领事馆。

锡兰的回教人

锡兰人口六百万，其中有五十万回教人。科伦坡为其首都，有居民二十七万。其文字为塔米里文，印度南部有一部分人民也使用此文。英文在此地很普遍。此地有大学一所，共分三院：文学院、科学院、医学院，共有学生约千名，其中有回教学生十二名，约占百分之一。按比例数来讲，应占十分之一——一百名。但是较我国回教大学生的比例还要多两倍。我国大学生有七万五千名，回教学生应占十分之一——七千五百名，但实际只有三四百名而已。该地回教人的最大学校为札西里学院，有学生约一千五百名，分小学与中学两部。院长是印度回教人，是德国某大学的博士。

十八日　聚礼五

因船上新添了几位海员，没有住处，船长迫令哈三搬出。于是新疆四名同学打算在此地下船，经印度到新疆。后来就托当地回教名人阿则子——回教董事会会长——给办手续，阿先生也答应了。但是因为战争的关系，过境成了很困难的问题。今天我和他们四人到护照局里去拜访阿先生，由早晨等到下午一点，尚无头绪。

十九日　主麻

又从早等到下午四时，数次到该局去问，最后推到明日。听船长说明日开船。

二十日　聚礼初

因船上尚有许多手续未完，开船日期又延迟了。于是新疆同学再次下船去问个明白。下午他们回来说，必须电请印政府的许可，方可通过，没有时间等候了，遂将此意打消。

二十一日　聚礼一

船尚未确定行期。今日此间报载共军十二万人，拟取南京、上海，距南京只有三十里。于是该四生又起下船之念，请我再到领事馆去交涉。连去两次没有结果。

二十二日　聚礼二

又去见领事交涉新疆学生在此下船事，结果阿则子先生应允在等候印度政府许可的期间，承担他们的一切费用。都交涉好了，但他们又变更计划不愿下船了，真是庸人自扰。

科伦坡的回侨

二十三日　聚礼三

今日当地华侨马广俊先生，请我和几位新疆同学在本地一家回教馆子里吃饭。马先生为马泽民先生之令弟。泽民先生在科伦坡经商有年。因彼为回教徒，所以在该地得回教徒的帮助很多。现在泽民先生已回国，只留其弟一人在此。这是我们在国外所遇到的唯一的回教商人。希望国内回教兄弟们向外发展，尤其是向近东印度南洋去。因为那里回教人很多，在生意方面，一定能得到他们很多帮助。此地有华侨二百余户，多业饭馆和洗衣，业务尚佳。

二十四日　聚礼四

因货未装齐，今日又不能开船。该船不但破旧，而且设备太差。工人不够用，所以在此地又添了许多中国海员。他们上船来无处睡觉，于是我把我住的房子也让给他们了。

第七章　由科伦坡到新加坡

二十五日　聚礼五

上午九时开船。刚开出港不到半个钟头，又调头要回科伦坡去。问其缘故，始知一部分机器坏了。但是不到十分钟，经工人修理后，尚可开行，又转回来开走。

鸦片的害处

二十六日　主麻

在科伦坡上来的都是中国工人。后来因为缺了三位烧火工人，才找了三位马来人。这三位系回教人，不能与大家一块儿吃饭，只能吃点罐头、面包、米饭。饮食不足，而添煤之力就差了。中国烧煤的也因为有嗜好而力弱，所以船行每小时只有四英里或五英里。埃及工人身高力强，而又无鸦片与酒的嗜好，所以在工作方面绝无问题。大车告诉我说：十个中国人抵不了一个阿拉伯人，因为他们多半都有鸦片嗜好。鸦片为我国政府三令五申地禁止，但是因为禁止得不彻底，所以至今不见有何效力。尤其是海员们，吸食者太多。人民生活之改良与体格之锻炼，实为立国之本。但是没有饭吃，怎样能谈到体力。我国回民没有烟酒的嗜好，所以他们的体力就比较强。但是他们的教育水准太低，经济情形恶劣，所以他们对于国家民族的表现不够。设为政府予以辅助，则将来于国家民族一定大有益处。

二十七日　聚礼初

三位马来人因宗教关系，不能与其他工人同餐，用我们的菜饭每日来补助他们。

二十八日　聚礼一

知感主恩，自开船以来，连日无大风浪，天气晴明。闻大副讲，因该船过旧，恐不能到曼谷去载货，而要直开福州，如此可减少我们在途中的日数了。

二十九日　聚礼二

今日风较大，船行甚缓，而摆动亦烈，但是这一次我等都习惯了，不晕船了，大约今日为斋首，回想在家中或在开罗封斋、开斋之快乐，而现在是在苦闷的大海上，真使人联想到人生的变换无穷。

三十日　聚礼三

自科伦坡至新加坡共一千二百九十二英里，今日已行过一半了，大约五日后可达。现时每小时船行六英里以上。下午大雨。

看月的纠纷

三十一日　聚礼四

晚间过尼古巴尔岛而入马六甲海峡，于是船行转稳。连日阴雨，未见新月；今夜晴明，新月高悬。据《大锡兰报》载，昨日（聚礼三）入斋，但看此新月，像是聚礼一的月。回想国内入斋，又不知闹到如何的分歧了。入斋一事本甚平凡，在各回教国家，皆取决于政府法庭，或教法委员会和天文台之决议，我国向无宗教统一机构，于是各自为政。有些不懂得历法的人，又不肯依从他人，自出新辙，所以开斋日期竟有差四五日者，误教非浅，贻笑大方。因此之故，我国回教教务委员会之组织，实为迫切的需要。

八月一日　聚礼五

船行甚缓，风平浪静。原来预定此时可到上海，现在还遥遥无期呢！

想念父母

二日　主麻

九年来未见着父母，但时时都在挂念着老人家们，因为他们都是八十岁以上的老人了。每想起爸爸妈妈来，总是使我泪下，不知道还能与他们见面不能。已有四年多没有通信了。日本投降了，但是内战阻碍了通信。当我孩童时，父亲非令我念经为宗教服务不可。而我呢，只愿入学读书。经过很久的商议，结果只好服从他老人家的命令而念经了。不但是念经，而且又到经典文字根据地的埃及来念经。现在我回来了，想要为宗教做点事，而使他老人家亲眼看见他所栽培的成绩，也不负他当年的苦心。但是今日他老人家尚在世与否，吾甚怀疑，唯有求真主助长他的寿命，使父子相见，则其恩莫大矣。回想四年前内子素臣写信告余说："上有父母倚闾而望，下有妻子逐日盼你回来。"但是我们的回国已酝酿三年了，经过了许多挫折，至今始成行。

三日　聚礼初

快要到新加坡了。由科伦坡至此尚无大雨，今日傍晚忽起了风，大雨骤至，终夜不停，在舱板上的书箱恐怕要受损失了。

四日　聚礼一

下午五时许，船入新加坡港后，许多小船围着大船，人们攀登而上。经询问始知他们都是华侨烟土商人，来向船员购买烟土。又闻市上常有中国人持枪抢劫。中国本身的政治不上轨道，中国人在外国也如此胡作非为，我国政府不可不注意。

五日　聚礼二

各码头因停船较多之故，卸货须等候其次序。船停在海心，离岸较远，下船到岸上去每人须小船费一元半美元。

六日　聚礼三

因故又未能下船。闻该船在此卸货需要一个月才能完毕，到香港还要逗留。大约最低限度要两个月后才能到上海。

七日　聚礼四

今天本来准备到岸上去，但是划小船的华侨不懂国语，没有讲通，遂作罢。下午结识了一位上煤的小工人。他是位华侨，只有十六岁，名陈宝岁，能说很流利的国语，因为他曾在小学读过四年书。他的父亲原是工头，后来被日寇杀死了，彼继父业。同学们争与其谈话，认为华侨能说国语很奇怪。

八日　聚礼五

早九时船已到岸，大家都争先恐后地下船去，要逛逛这世界上有名的城市。它俨然是中国城市，土匪盗贼之多，也如中国内地城市一样。有两位同学在电车上被五六个小偷包围起来，两人抓住手，一人向腰中去掏。但是因为同学力强，好容易才把他们打退了，没有遗失分文。

柔 佛

九日　主麻

上午九时许，下船去找到领事馆拜访领事。领事姓吴，广东人，不谙国语，官僚气十足。据说此地有两三千侨胞已登记候船返国。由领事馆出来到皇家礼拜寺去礼主麻。该寺为新埠最有名的礼拜寺，其建筑高爽明亮，上下两层，可容数千人礼拜。但是主麻时人并不多，只把下层跪满，因为该地回教人为极少数，不到十分之一。主麻拜后想到柔佛去探望几位曾在开罗相识的同学，出了礼拜寺却不知去向，正在徘徊之际，忽见一位青年前来道“色兰”。问他懂得阿拉伯语或英语吗，答曰不懂。我对他说我要去柔佛，他明白了，就带我到汽车站。由新埠到柔佛票价六角钱。汽车路皆是柏油铺的，两旁都是丛茂的树林和丘陵。沿途的乡村与店铺，都是中国人居住和开设。经过一所华侨中学，就望见柔佛政府的大楼了。下车后打问穆甫提（大教长）住在哪里，就有当地人告诉我他的地址，并替我雇了一辆三轮车。但是三轮工不认得那个地方。后来有一位回教兄弟说，艾哈默德·沙先生正在市场买菜，他知道，一会儿就回来。见面之后，知道他是柔佛的法官，一口流利的阿拉伯语。他与穆甫提哈三先生是邻居。于是我们一同向哈三先生家里去。其道路之崎岖与香港的道路相同，亦皆为柏油路。约半个小时，到了一个山坡上，艾说那山巅上耸立的房子，就是穆甫提的住宅。

打倒帝国主义

我和哈三先生虽在爱资哈尔同学两年之久，但是因为我们那时初到埃及，对于外国人很少接触，所以看起来好像没有见过面似的。他的住宅完全是现代化的，电灯、电扇、自来水、抽水马桶等应有尽有。他是一九四〇年毕业于爱大的，回来就任穆甫提职。他说在日本人占领时期曾受过不少的苦痛，他们所用的汽车都被日本人拿去了，至今还无法再购买。他又说："在日本人未来的时候，我是很同情日本人的主张——亚洲是亚洲人的。但是在他们来到的第一年，我们就怀疑这个主张，第二年我们就更明白了，亚洲是日本人的。前者完全是宣传和欺骗，我们不愿日本人来统治我们，更不愿英国人来压迫我们。帝国主义者虽是方法有别，其目的是一个。英国人这次回来以后，简直要把马来半岛划归他们的领土，连以前傀儡式的政府都不给我们留了。我和几位同志起来反抗，于是就把我拘留在家中六个月之久，不准我外出。日用品非用票买不来，连票也不发给我们。直到本年六月底，才恢复自由。东方人再不争气，就永远沦为白人的奴隶。"

远东回教联谊会

天已晚了，他留我住宿在他家里。傍晚大雨。开斋饭后另有两位爱大同学和几位教胞来访，谈到十点半钟方散。谈话的题目不外乎在开罗的一切一切。我们大家一致希望能实现的，就是远东回教联谊会，包括印度、印度尼西亚(马来在内)、中国，以这三个国家的回教人为主体。在这三个国家设立三个分会，不设总会。每年开大会一次，由这三国轮流召开。这个问题在开罗时与印度、印尼同学们常谈的。但是这次的谈话比较更接近了。另外是马来亚同盟问题，他们有鉴于阿拉伯同盟的成绩，所以很希望能早日成功。夜间和他们吃封斋饭，完全是马来的风味，米饭、甜食、水果都有。

十日　聚礼初

晨礼后去参观那著名的柔佛皇家寺，距寺约半里之遥。该寺为现国王伊卜拉欣的父亲艾布·伯克尔所建，竣工于一八九四年。而艾氏于此年歿于伦敦。该寺可容数千人礼拜，其建筑之伟大宽敞，据称为马来亚第一。我国境内尚无可与该寺媲美的礼拜寺。约九点钟时与哈三先生一同去他的办事处——柔佛政府，去拜访各位部长。经过了丛林，就是法院、医院等机构。攀登小山直上，至尖顶上边，有一伟大而漂亮的大楼，那就是柔佛政府所在地。麻雀虽小五脏俱全。在那里会见了教务部长 Dato Haji Abdulae Rahman。他年约六十岁，询问了中国的政治情形及回教的详细情况，并问南洋访问团马天英、吴建勋、马达五诸君的近况。最后以互通消息相嘱。

柔佛政府的大楼

该房共十二层，建筑费两千万元新币。工尚未竣就被日本人占领了。直到现在虽停战一年了，却因英人的掣肘，一切都未上轨道。国王伊卜拉欣于年初赴伦敦谈判，至今无结果，尚留在那里。约十二时许由哈立德先生陪同我到船上。余以拙著《中国与回教》相赠，以表谢意。与哈君到新加坡参观山喀甫学校，并访该校教员爱大同学杰斯坦先生。该校为一初级宗教学校，学生约四百名，但是现值斋月，未上课。此地马来人不但是经济地位低落，教育更低落。在柔佛时，哈三先生曾说："我们是土著，但却成为少数民族了"。中国人在南洋的经济势力真是了不起，这个功还要归到当年三宝太监郑和的开创。

在新加坡码头上，有许多日本俘虏在那里工作，可怜得很。当日威风，今日安在？看日本在战争期间，其作战计划未曾失败，又加他们的体格这样的强健，如不是前苏联出兵的威力，他们是不容易失败的。现时他们虽身为俘虏做苦工，但是架子并不倒。闻听德军占领了巴黎时，中国公使馆人员都逃走了，到和平以后才回去，而馆中的陈列品，如古玩等物却一切照旧，由此可知德军之纪律。日、德想吞并世界是用这种方法来迷惑世人的。今后如不防止它再起，将来的祸更不堪设想了。

华侨谈中国政治

十一日　聚礼一

我们到新加坡已足一个礼拜了。但是船才开始下物，工人差不多都是华、马、印人，但华人占多数。在华工中有一位十九岁的青年，跑来和我说话，满口流利的国语。我从他的话中知道他是广东新会人，曾在小学读过书。于是他开始给我谈起政治问题来，他说："一、此地的吴总领事是个十足的官僚，为小资本家，娶了个美国华侨的姑娘，只知享乐，对于侨胞的事一点儿也不作为。二、美国对于中国是有野心的，将来至少要侵略中国的经济。看现在中国大部分用的是美国的物品，不如趁早把他们赶出中国。三、中国还谈什么民主，一切都操在国民党手里，一党专政和抗战前一样。抗战八年以来，老百姓的死伤损失不可以数计，完全是为国民党争天下。换句话说，就是为极少数的资本家而消磨国民的生命财力，至今还没有走向民主，由于最近民主同盟的主干李公仆、闻一多之被国民党特务暗杀而更明白。四、马来亚之抗日工作完全是由共产党领袖——莱特君所领导，国民党都是有钱人，早已乘飞机或轮船溜之大吉了。"随后当他知道我是回教人时，又讲起中国回教问题来。他说："你们有五千万人民，为什么不争取政权呢？现在的政府是不是以平等来对待你们？各院、部长委员有你们回民几席，为什么你们不组织政党呢？你们靠国民党，那是靠不住的。"

陶行知先生死了

十二日　聚礼二

报载陶行知先生逝世。他是小先生制的创始者。他在一九三八年由欧洲返国时，道经开罗。在留埃同学的欢迎会上他说：“此次抗战军兴后，我才知道中国的五千万回民，站在政府的旗帜之下，共同抗日。尤其是你们这般回教青年学生，尽了国际宣传之责。将来中国之复兴和中国回教之发展，多赖诸位……”会毕共同高唱《义勇军进行曲》及各种抗战歌曲，最后大家呼口号而散。当我们在开罗车站送别他的时候，他又带领着唱《义勇军进行曲》，震动了全车站的人。最后他说：“以前中国人不张口，现在大家都张开口了，这是好现象。”话到今日已八年多了，他已作古，但是他对于中国教育之功劳不小。

十三日　聚礼三

此次乘船，关于饮食方面有很多不便，后来经交涉，才许我们自己来做。但是又有了诸多不习惯的，例如做饭用具，虽经洗过，但总以为不净。又如肉类之食用，虽然有经人宰的可以食，但是我们还不习惯。

印度尼西亚独立会

此次印度尼西亚的革命非常普遍，埃及有他们的学生七八十名，组织有印尼独立会，会长名以斯玛尔来。他们都是很热诚而富于牺牲精神的。有一位名满苏尔者，原来他是一个学生，后来在荷兰驻埃使馆任秘书，居然退职，参加印尼独立会。在战时荷方对于在埃的印尼学生每人每月有八镑津贴，当他们激烈宣传反荷的时候，荷方警告他们，如不停止反荷运动，就要停止他们的津贴。他们答复：我们情愿不要津贴，决不能停止爱国运动。于是他们的津贴就被停止，这使我们不能不佩服他们的爱国热情啊！这次在科伦坡新招三个烧煤工人，到新加坡后跟我说，他们也是革命分子，而在外边工作的。

十七日　聚礼初

今天为印尼共和国成立周年纪念日。此间回教人举行纪念活动。回教的店铺都闭了门户，并开大会招待新闻记者。

印尼这个东方新兴的回教国家，拥有六千万回教人。前途的苦难虽然还有，但是经过了这一年的奋斗已克服了不少，现在还继续谈判着。英、美帮助相当于印尼十分之一的荷帝国主义，用飞机大炮来轰炸这个弱小民族，企图掌握其战前的权利。印尼虽死亡惨重，但是始终没有屈服。战后弱小民族的觉醒，给那些欧美的侵略者一个大的打击。

下午，接当地“回教青年会”与“回教布道会”的联合请帖，约我们全体同学十九日开斋。

新加坡一瞥

十八日　聚礼一

新加坡居民约九十万，中国人占七十万，这七十万人中，不过有三五个回教人。当地的回教人约计五六万人，其中约有印度回教人一万人，其大部分来自东南印度马德拉斯一带。他们的语言和科伦坡回教人的语言一样——塔米里语。他们出的一份报纸就是用塔文印成的。还设立有“回教同盟”分会，并有小学数处。

其次就是阿拉伯人，人数不到两千，都是来自阿拉伯南部哈德拉毛。该地因为贫瘠之故，所以他们富有向外发展的精神，在东非、印度及南洋各地的阿拉伯人，差不多都是出于哈德拉毛。在新的阿人共分三族：山喀甫、军德、喀甫。那著名的山喀甫礼拜寺与山喀甫小学校都是山喀甫人创立的，已有百余年的历史，学生约三百名，并附设有山喀甫医院一所。军德人设立有中学一所，附设小学，学生约二百名，现任校长艾卜伯克先生。并出有一份月刊，由其公子主编，名《哈德拉毛之声》，是阿拉伯文的。

此地的礼拜寺约有四五十所，最大的要算是皇家礼拜寺，规模宏大，雄壮可观，能容两三千人礼拜。

新加坡的回教青年会与布道会的欢迎席

十九日　聚礼二

我们四点钟出发到皇家礼拜寺。晡礼后，两会派人来请，于是我们一同到了一个饭店里，那里已有些人在等候着，并有几位记者参加。六点三刻开斋，昏礼后就礼拜处席地而坐，开始吃手抓饭，完全是阿拉伯式。饭后由布道会会长伊卜拉欣·欧玛尔用阿语致欢迎词："诸穆斯林兄弟！两日前听说诸位到了此地，今天我们简单地来招待你们，诸位在爱资哈尔攻读了八年之久，你们为宗教而求学的精神真使我们敬佩。将来中国回教的复兴，端赖诸位之努力，并希望我们将来的联络继续增长。我们今天的欢迎会，完全是根据回教兄弟的关系，祝你们一路平安幸福。"青年会长艾哈默德·伊卜拉欣，因故未能出席，故由其代表赛尔东·祖拜尔致词。赛氏为英国留学生，用马来语讲，由阿布杜拉翻译，大意和前者相同。继由余用阿语致答词，由阿先生翻译。次由杜寿芝代表新疆同学致词，大意为：我代表新疆同学，向布道会和青年会致谢，我们知道印度尼西亚与马来亚的回教兄弟是很富有民族感和宗教感的……最后又有一位印度代表致词，继由艾布伯克老者领导念祈祷词而散会。其词很长，并且高声朗诵。

我的答词："色兰，诸位兄弟们，我们是中国留埃学生，于一九三八年到达那里，至今已八年多了。现在我们是在归国途中，一行十三人，其中有四位是新疆的，其余的是北平、河北、河南、山东、山西等省的。今天蒙贵布道会和青年会在这贵月（斋月）里欢迎我们，实深感谢。我今天趁这个好机会，要和诸位谈谈以下的几个问题：

“一、我希望这次的聚会，是我们将来互识互助的种子。团结必先互助，互助必先相识。因为《古兰经》上说：‘人类呀！我从男女上创造你们，我使你们成为种族和支族，原为使你们互相认识，在真主看来最贵者，为最清廉者’（四九：一三）。我们在相识以后，进一步要互助，要团结。当我在开罗的时候，常与马来、印尼、印度诸同学谈，创设远东回教同盟，包括以上各国以及中国。马来和印尼有七千万回教人，印度有一亿，中国有五千万。那么总和要占全世界回教人的三分之二强。进一步我们和阿拉伯同盟携手，而成立回教世界大同盟。古兰云：‘你们一齐抓着真主的绳索！勿分散。’所以团结是我们最要紧的使命，团结才有力量。

“二、我们很敬佩印度尼西亚兄弟们为他们的独立自由而奋斗。我们敬祈真主慈悯那些阵亡将士们！我们祝祷他们胜利。我们在埃及时，常与印尼独立会的同仁们共同来作文，我们曾经为它写了不少的文章，在中国各大报纸上发表。

“三、闻马来亚兄弟们正在酝酿组织马来亚同盟，祈真主使他们成功，而作我们远东回教同盟的初步。阿拉伯同盟成立不过一年之久，但它对国家民族的贡献不小，无论是在政治、教育、经济各方面都有长足的进步，足见团结的力量。

“最后祈求真主以我们的奋斗和团结为代价，使我们东方人达到独立自由的地步！”

二十日　聚礼三

船已决定于二十二日开赴福州。下午一位热心的回教兄弟邀我们乘汽车游览全市。

二十一日　聚礼四

因为明天开船，我偕两位新疆同学到市场去买些水果。那市场的商人完全是华侨。他们认为新疆同学是日本人，不但抬高物价，还要说些不三不四的话。任凭我怎样地辩证，他们始终不相信。

第八章　由新加坡到香港

二十二日　聚礼五

早七时船已开动，上午两旁列岛历历在目，下午渐渐地看不见了，今日风平浪静，唯傍晚小雨。

我国回教文化事业

对外人讲话时，常感觉到中国回教事业的建设太微了，简直无法向外人来提。在教育方面我们虽有数千所私塾式的经学校，但不仅是只读些旧东西，而且在教学方面也有许多缺点。新式的学校，就中学而论，不过十余所而已，较诸中国的耶教则相差太远了。他们的信徒全国只有数百万人，但是单就他们所设立的中学而论，就有三百所。

在组织方面，我们虽有各地回协之设立，因种种关系，亦无显著的成绩可言。在经济建设方面，就更谈不到了，既无经济机构，且大多数教胞又都是操作勤行，以食品营业为生。“穷回回”之诨号已够形容其经济地位了。

在学术文化方面，我们尚无这种组织，尤其是研究方面的。一般教胞的知识程度太低，尚未感觉到这方面的需要。

将来回教的建设，应由教育方面着手，我们应先改良清真寺海里凡教育，普及普通教育。小学教育应取一寺一校制。凡千户以上回教聚居处，应设立中学，尤其是职业学校，以当地回教人的职业为对象。更应创设回教大学，并设立留学生奖助会。

社会方面，应在各清真寺内设立宣传部，对外宣传。对内应设各种训练班和补习班，来启发教胞的思想，也利用了寺内的空房子。应请阿訇与各位有能力的教胞来担任其工作。

经济方面，应设立回教银行，并要在各地遍设小本借贷，以辅助和改善回教人的职业。圣人说：“经济优裕的人，强过多礼拜多封斋的人”（副功的斋拜）。

应在各清真寺与其他的组织内，普遍设立天课会，以作小本借贷的基金。应设职业介绍处，为失学者找出路。

往者已矣，来者可追。吾人当前之急务，莫如“回教事业之建设”。我们应具回教事业建设之决心，应有建设之毅力，将在数十年后，使吾国回教人达到安居乐业，而无流离饥饿之苦。于此时才能安守教门，乐谈学术与文化。这才是真正回教的教训——两世吉庆——今世是后世的栽种之场!

二十三日　主麻

午后船有摆动。

海里凡教育

海里凡教育改良，应该利用其原有的人力和物力，采取以下的办法：学级可分初中与高中，各四年；初中的课程可以中、阿各半，中文方面，应以小学五、六年级的课程为起码。高中的课程则以初中的课程为起码。阿文方面，初中可用埃及教育部审定之课程，高中则吾人自定课程。

在五里或十里之内之海里凡，应在一个适当的地点集中上课。其功课由各坊阿訇分别担任，每年终有考试，由改良机构主持，统一全国考试。阿訇与海里凡的供养，都利用其原有的基础，唯中文教员的薪金，应由改良机构支付。

以国内回教人数与其分布情形而论，可以成立四十所学校，就够供给全国教长。其中十所为高级，三十所为中级。兹列表于下：

高级：北平、南京、开封、西安、昆明、平凉、宁夏、兰州、导河、西宁等处。

中级：上海、安庆、汉口、成都、常德、桂林、广州、西昌、沈阳、天津、沧州、济南、保定、郑州、洛阳、承德、张家口、绥远、同心城、化平、张家川、循化、青海等地。

这四十所学校，约可招生三千名，直接由改良会统辖其课程，统一其考试。在高级部毕业后，可升入回教大学深造。

二十四日　聚礼初

夜晚十二点以后忽起暴风大雨，但是为时不久，天明雨也停了。

二十五日　聚礼一

终日船摇摆甚烈。下午六点时分，船长下令停船十五分钟，因下部机件稍有损坏，以待修理。不久照旧开行了。

新加坡皇家清真寺

洪秃子阿訇与普洱马阿訇

昔日陕籍知名阿訇洪秃子，被开封东大寺聘请开学。新阿訇到任后，照例是要到各坊去拜客的，于是社首去谒见阿訇问道：老人家！您的尊名告诉我们，以便去印一个名片，为拜客使用。他老人家就答：我的名字！洪秃子吗?

中国有许多阿訇，他们的生活非常简单，他们的精力都使用在宗教学术上面。可惜大多数的阿訇不谙中文，又不能使用阿文来写作，所以虽有些学者,对于某种学问有所专长,但很少有形之于笔迹者。一旦他死去，他的学问也随之而亡了。

普洱马阿訇——寿清，原籍云南河西人，因他祖父在普洱任阿訇，他是那里生的,所以他回到河西,大家都叫他普洱马。阿訇尝求学于陕西，而在甘、陕、豫、川、滇各省设帐讲学。他是中、阿兼通的阿訇，著有阿文的理学书，名《麦耳也》，讲真主与物质的问题，有木刻本。他曾在开封善义堂开学，其派头为历代阿訇所不及。每日五时礼拜，必令海里凡排班站队，衣冠楚楚，而他本人亦衣长袍大褂。若因事外出时，辄以数辆轿车随之。

二十六日　聚礼二

昨日天气很热，午后小雨，今晨在舱板写日记，甚至觉着有点冷。今日风平浪静，但是船的摆动更烈。

由新加坡到福州约一千九百英里；福州至上海约四百英里。大约今日可过西贡；但是因为离岸过远，不易望见海岸。

王宝云阿訇

王宝云阿訇，安徽人也，尝求学于陕西，学成后在河南各大寺开学，后在上海外国寺设帐。马自成老师、哈德成老人家与刘朗轩大阿訇等皆其高足。阿訇学识超众，脾气甚傲，常于讲学之际，批驳著者说："著者不应如此说法！假使我知道著者的坟墓在哪里，我去拉起他，打他两耳光。"又常说："天上掉下的经，咱爷们儿也能讲！"固然由这话看出他老人家的傲气来，但是总比那一般盲从古人者高之一筹。阿訇殁于民国初年。

我的童年回忆

家父性喜教门，立志叫我念经，于是就在我四岁四月零四天的那一天，把我送到寺里念经，时在清末。当时小学阿訇是丁长升阿訇。我照例念单字、遍把（拼音）、念海提、克海非、杂学。这样一下子就是好几年。在这个期间，我曾经几度与父亲商议上学读书，但是都被父亲阻止了。有一次托我外祖母与父亲说成了，于是就上在外祖母家门口的私塾——丁魁光学读书。因为离家较远，有许多不方便，上了几天后就退学了，但是照例地纳了全年的束修。只好再入寺念经，但是仍不甘心。到了十一岁时，又向父亲请求上学读书，父亲答应我暂时去读书。于是就托人去向本村最好的私塾——姬绍公学介绍，蒙老师允许了。时在后半年，冬季入学直到暑天麦假。这半年期间算是一个段落。初入学照例要读《百家姓》，因为我入学较晚，老师不让我再读《必须杂字》《三字经》等小本书，叫我直接背读“四书”。在这半年期间除背读《百家姓》和一部“四书”外，还旁听《二论典故》《最新国文》和《修身》。

麦假后，因为辛亥革命成功，学堂里的课本也改变了，改读商务印书馆出版的共和教科书。这种教科书规定是四年教完，因为那时候小学是四年制。但是私塾是不懂得那些的，于是两年就把那四年的书读完了。在这时候有钱的同学就去考县城的高小。我呢？老师要我继续在私塾里读下去，但是父亲叫我去读书是暂时的，所以趁此机会就告一段落。后来因为躲避上学，就把我带到洛阳去住了几个月，在洛阳北窑跟丁继高阿訇念经，等过开学之后，才回家来，就入寺念经了。

在这个时候我村的经学很盛，六座寺有大学海里凡百名之多，各寺都设小学。这些大学、小学都是念阿拉伯文的书，村中虽有两三私塾，但是并不发达。全村各寺小学生能跟出去了事吃“海底业”[①] 的也有几十名，我就是其中的一个。当时凡是统请的大事，或大“埋提”，要分有两三百份。尤其是圣忌，要摆几十桌，前一天晚上的预备会，就得十来桌，名之曰“哄棚”。在哄棚时，由各大小学的学生中会唱念的，各显其能。这是用阿拉伯文或波斯文的词句，来歌唱穆圣的美德。那时候最叫座的，是我们西寺小学的同学们。有一次在老寺的哄棚席上，因为我的同学们大部分有病，或因嗓子哑了，不能唱，就惹翻老师，从此就不愿再教我们了。

我在这次入寺念经以后，因为念的杂学和背的《古兰经》纯粹是外国语，不懂得其意思，又加以书学堂教育是比较进步的缘故，所以对于念经总不感兴趣。同学们一天能背三张，而我一张也背不下来。我向父亲要求念书，或改习生意，但是父亲总是说要好好念经，不要胡打主意。后来老师对我也失望了，直接向他老人家说，他还是不允许。就这样一两年下去了。后来同学们把《古兰经》念完了，要开讲“索尔夫”——变字法。但是我才念了两本古兰，我就要求和他们一块儿讲“索尔夫”吧，老师允许了。在我念“索尔夫”以后，老师说这孩子念古兰不成，念“索尔夫”成了。

① 海底业，今译“海迪耶”，阿拉伯语音译，原意为“礼物”“赠品”“馈赠”等，与“乜帖”作同义语用。——编者

编译委员会

编译委员会之设立，为当前之急务。中文回教书籍太缺乏了，回教传入中国虽有千余年的历史，人口虽有数千万之众，但是回教典籍之翻译很少，总共加起来不过三四百种。据闻日本关于回教的书籍有一千多种，而我国第一部中文《古兰经》，还是由日文翻译过来的。目前我们所急需的，莫如回教世界丛书之刊行、回教文库之整编及回教文化之研究。把原有之汉文经典重新整理，再补充些新的东西，而成为一整部丛书，如果家庭中有一部书，就够用了。例如穆民大众读物；阿中、中阿字典等。以上都是目前所应做的工作。

二十七日　聚礼三　晴

无大风浪。

中国回民运动

中国回民在清朝时不满百年当中，有五次反迫害的重大斗争。那是满清利用多数民族来压迫少数民族的结果。在回民失败以后，都消极不问国事，于是才有“回民爱教不爱国”的说法。辛亥革命时，喊出了汉、满、蒙、回、藏五族共和的口号，要组织民主政府，而极力拉拢回民，于是回民才感觉到自己是中华的主人翁之一，既负有为国民的一切义务，亦应当享其所应享的一切权利。由于这大潮流的激荡而启发了回民运动。要谈回民运动可分三个阶段：

第一阶段——李谦时期

民国二年哈密回王麦哥苏德沙进京，向袁世凯进贡，袁氏找其部下回教人，以招待回王。适其时李谦正在其卫队中，于是就被派到回王前去招待，李与回王因同教关系，慢慢亲密起来。据说二人之间还有一段故事：中日台湾之役，李谦之祖父为哈司令（回教人）部下一个马夫。中国军队失败时，大家都被日军冲散了。于是这位马夫也就不知方向胡乱奔走。不料走到敌人后防，远望有三个军人在那里饮酒，不知是敌人还是自己的军队。当彼走近时，这三人皆醉卧在地上，熟视之，始知为敌人三军官。于是这位马夫就抽敌人所佩带之刺刀将三人刺死，而将其中一位较高军官之首级割下，用衣挟着飞奔而去。但不知中国军队在何方，只有乱走，走到一个山坡上，见茅屋中有位白须老人，向其问路，该老人告诉他，过这山就是中国军队的阵营，于是他就直奔而去，晋见哈统领，献敌人首级。哈大人以其杀敌有功，而又加以同教关系，就赏赐他一个营长职，不到两年升到三营统领。待中国征新疆时，他一跃而升为二十营统领。当彼在战场上与哈密王交战时，哈密王失足落马，而这位李统领，因同教关系趋前扶之，从乱军中将彼救出，战事就此和了。这位哈密王不但其个人不忘这救命之恩，而且传其子孙常记此恩。其子麦哥苏德沙当与李谦谈话之时，知其为河南叶县人，且姓李，于是就把这段故事告诉他。李说："李某人就是我的祖父！"由此两人之关系更为密切了。哈密王仅有一子，爱如掌珠，当彼到京进贡时，携其来京游览。不料当彼要回新时，袁世凯欲将其爱子作质。哈密王哪能舍得，百方请人斡旋。最后取得袁的同意，决定将其仁侄——李谦作为其驻京代表，李之回部代表，即由此而得。

李本人是行伍出身，学识当然有限，但是他自从获得这个名义之后，就大事活动，以五族共和为号召，向各方请愿，要求："议员应按全国九千万回教人之数目，平均分给我们，蒙藏部应改为'蒙藏回部'。"李对教内教外皆如此呼号，但是无人响应。当时在北平的回教官员，如马龙彪、马邻翼、马福详等，皆认为这位不学无术的人胡乱说话，躲避之尚且不暇，如何能来帮他说话。一般回民更谈不到了。

在袁倒台后，李还照旧奔走。当吴佩孚在台上时，李在吴前为一时之红人，但是他的回民运动，在教内始终未得到同情者。虽然如此，他的这个运动，随着时代的前进而对回民影响不小。吴倒台了，彼亦随之下去。

第二阶段——定希程时期

定希程是湖北沔阳人，曾肄业北大，创办北平清真中学。在李谦倒台后，定随北伐军而起，自称回部代表，联络教中一部分知识青年，步李公谨之后而作回民运动。这次运动也像李一样的失败了，但是比起李君来已有相当的进步，他联络许多知识青年，他们有政策，即是民族联邦制……他们的同志中有西安马长清、河南刘景亮（真理）。刘君奔走回民运动，曾到西北游说五马。当时之马骐、马麟、马廷相、马廷贤等他都见到了，但是对于他的计划皆未同情。唯马仲英正在与冯军作战，未能见面，遂告别回到郑州。后听说白崇禧北伐到北平了，于是他马上就到北平去见白。但是那时桂系与中央的裂痕已露，白君已入同仁医院，于是刘君又一次失败而返。他著有《中华民国各民族联邦计划书》。

第三阶段——回族青年会时期

北伐成功后民国十八年北平各大学回教学生有感于中国回民问题之重要而才有伊斯兰学友会之组织。民国二十三年改组为回族青年会，出有《回族青年》月刊，以资宣传。这次能集全国百余名知识青年成立一个集团，这在回教史上是一件大事。这次的组织较诸以前很有进步。在抗战期间，领导回民参加抗战，受益匪浅。它是为回民争权利的唯一机构。但是后来各为升官发财，对于回民本身的利益毫无成绩可言。其原因是既无政治理论，又无中心人物，虽做政治斗争，却无政党的组织。

圣训与理智

宗教事情不是不可以理解的。有许多学者竟把一切宗教问题都认为是不可理解的。其实并非那样，只不过是我们的理智一时尚未见到而已。

圣训之真伪，完全是以传述的真伪而论，绝不以其意义符合理智为标准。这亦是无办法的办法，假使要以其意义为标准，那么就更乱了。但是也不能完全不用理智。据非哈乃裴派的人说：艾布·哈尼法一生只用过十七段圣训。他们的这种说法，对与不对我们不管它；但是艾氏不多用圣训也是事实，因此外人称他为“理智派”。艾氏所制定的法例是根据古兰与圣训，或者以不违背古兰与圣训为原则。他最爱使用比类法与理智。

安俩补博士告诉我说，他的老师——麦尔赛非长者，原来也是爱大的名教授，太好虚生，艾哈默德·艾敏一流的学者，都是麦氏的学生。这位学者论断圣训是以其符合理智为准绳，不管它的传述者为谁。

以上这两件事证明，古今的学者们以理智为根据来论断圣训的大有人在。那些盲从的字面派太固执，太呆板，有时使他们自己也无法解决问题。

中国回教新闻出版事业

回教刊物起始于清末。当时杨枢任驻日公使，他是回教人，同时留日回教学生有四十余名之多。这些回教学生受到杨公使之资助，发起出版回教刊物。那时的学生中有黄镇磐、保廷梁等。他们创办刊物是接受埃及退伍军官之提议，于光绪三十二年刊出《醒回篇》第一期。这是开天辟地第一次用中文出回教刊物，大概出了一期就停住了。虽然如此，但是已启发了国内回民新的思想。于是在民国初云南、北平各地的回教刊物逐渐出现，至今已出的刊物有百十种之多，不过都因才、财缺乏而半途停刊。现时所存之刊物其历史较久者，则推王静斋阿訇之《伊光报》。而稍具有刊物之形式者，则还算是《月华》。

对于回教刊物出力最大者要推赵振武先生。他的毕生精力大部分是用在回教刊物上，刊物的排版、封面的艺术及回教文艺之写作、阿拉伯文字之加添等，皆出自赵振武先生之手。他如马自成大师对于“古兰义解”“教义研究”等有关学术各栏的提倡。又如哈德成、马瑞图、马占奎诸阿訇都曾对于回教刊物尽过力，求主升高他们的品级。

但是至今为止，我们尚无像样的刊物出现，也可以说我们的刊物都是不伦不类的。其原因是回民文化水准太低，认识不够，刊物销路太小，一个刊物养不住一个刊物，只靠热心的教胞捐助来维持，那自然办不出好刊物来。

新闻纸为一个国家或一个团体的喉舌。我们这数千万回民，连一份报纸都没有。战前虽有《新天津报》与镇江的《回报》，但是规模太小，无足影响社会。回民从事新闻事业的人亦少。过去有金煦生、孙佑铭、刘冉公等。古兰云："誓以'奴尼'、笔与书籍。"（六八：一）又云："彼（真主）教人以'笔'。"（九六：四）这两段经文可以证明笔墨之价值了。

二十八日　聚礼四　阴

小雨，但船行甚稳，大约今日船已进入中国领海了。今日为开斋节。原来预料到国内过斋月，不料现在已开斋了，还在道上。凡事不能完全依靠人的预料。

爱大需要改革

人人都说爱大需要改革，只因为它太老，它的各部分都是松弛放任，其中的旧势力太大，实在不易改变。故校长麦拉额先生，是回教世界革新家穆罕默德·阿布杜的高足，亦是爱大革新派的领袖。当其第一次执掌爱大时，曾将爱大改良计划书与其辞呈同时呈递福德国王，如不准其改革计划时，那只有辞退而已。国王未准改革，于是麦氏就此下台了。当其第二次登台后，一般维新者总以为爱大将有新的发展与进步，不料被旧势力压迫，一点也不能更动，在位九年毫无成绩，不幸于今春病逝。将来爱大之改良，恐怕还得数十年的工夫吧!

爱大不但有功于埃及，而且有功于回教世界，那是自不待言的。像现在埃及的大政治家、文学家、哲学家，大都出身爱大。又如巴勒斯坦阿拉伯民族运动的领袖侯赛氏、也门的革命党党魁努阿曼、印度尼西亚的许多革命领袖、印度国大党主席阿沙德都是曾经受过爱大的洗礼的。我国留埃学生将来对于宗教、国家有所贡献时，那也是归功于爱大培养。

船遇险了

二十九日　聚礼五

终日阴雨。因雨气之障碍四面见不着天。这时候，大家都在担心这破旧的老船。忽于下午四时许，大副招余上船顶的瞭望台上。正在大雨淋淋之际，什么事？赶快上去见他，他交给我一个名单说："现在已经很危险了。我们船上只有两只舢板（救生小船），我们五十多人分在这两只舢板上。左边人名单是左边舢板上的，右边是右边舢板的。一旦危险发生，马上到舢板上去，请你通知各位同学。"我下来告诉大家这个不好的消息后，大家就准备起来。雨越下越紧，风越刮越大。这时候，大家的心情都盼望着好的消息来到——风雨停止，天气晴明。但是总不这样的凑巧，天色灰暗了，船上的人们都无精打采地在那里期盼着好消息。不久消息传来了，不好了，下部机器又坏了，船已停住，以待修理。于是大家更忧闷恐慌，那有什么办法呢？大家带着失望的心情入睡了。等到午夜，又等到天亮，还是没有修好。待时许修好了，开行不到两个钟头，又坏了。这时候雨虽小，而风势并未停止，船的摇摆增加了，大家都又焦急。后来船长请大、二、三、四车（四个管机器的）签字，要打电报到香港去求援，但是这四位都不肯签字。正在此时，忽然由电报员送呈船长一封电报——"台风离此地约一千二百米，快袭到了。"接到这个电报，大家更恐慌了，因为该船太老，吃不消台风来刮，又加上机器坏了，不能行动。在此时哪有不恐惧呢？"主呀！如果我们的生命不到期限时，给我们一个活路吧！主呀！救我们！主呀！主呀！"这是大家的祈祷词。这五十多人中，除船长以下四位公务员外，都是出门在外八九年或十几年的中国人。他们急于回国而乘此船，他们都是有父母妻子在那里盼望着他们。一旦沉没在这海里，他们家里的人们是怎样的悲哀痛苦，那就不可想象了。

直到下午四时，才将求援的电报发出。船上的一切都准备好了，以待台风之来临。知感主恩，五六点钟时，去问大副台风怎样了。他说，大概已过去啦，因为风势不顺，也许错过了。在这种情形之下大家又渐渐入睡了。敬求在这两三天内不发生变故，从而救生的拖船可以赶来。

三十日　主麻　晴

知感主恩，天气晴了，风也止了。早礼后静坐默祷，四望有无过路的船只可以来救救我们。此时虽没有风，但是船的摇摆并未减轻，这是受大风波动之故。约八点钟时，太阳已是很坦白地挂在高空，远望在左边像是有一只船影，直奔我们来了。我们的船上早已挂出求援的标号。待该船走近时,始知是一只英国军舰,大概是一只小巡洋舰,上边写着R74号。我们的船升起欢迎的旗来。该军舰绕了我们的船一匝，由舢板下来四位海军，到我们的船上，随身携带无线电机以及其他应用物品和机件。后来才知道这军舰是由新加坡开赴香港去的，当我们求援的电报到了香港时候，香港当局知这军舰离我们这里不远，于是就电令该舰来援救我们。假使要等香港派船来，那又需要两天的工夫。后来经过几个钟头的布置，才互相连接好，于十二点钟时开动了。但是十几分钟后绳子告断了，二次再加整理，又需要四五个钟头，直到下午五点半时才整理好开行。这时风平浪静，入夜满天星星，半轮新月挂在空中，万里无云。大家的心情都已安定了，夜间睡在舱板上颇觉寒冷。

由亚历山大经亚丁、科伦坡、新加坡，直到中国海，还没跑出英帝势力范围。落后的国家呀！还不赶快团结，奋起直追！否则永远被人宰割。

三十一日　聚礼初

晴朗无风浪。

国家主义影响了宗教热情

回教本来是不分国籍的，只要宗教相同都是兄弟。古兰云:“凡是穆民，都是兄弟。”又云：“真主面前最贵重者乃最清廉者。”穆圣说：“阿拉伯人不比别人贵，白人不比黑人贵……”原来回教人都根据这个教训而不论国籍的。近来因为世界思潮倾向于国家主义，各人都以其国家为主。回教受此思潮的激荡，也走向国家至上之路。因此都以国家第一，宗教次之，都以不妨碍其国家为前提来做其宗教上应尽的义务。印度回教人对于宗教之热情，为回教世界第一。已故的爱大校长麦拉额先生为国家主义者，所以他对于外国学生不甚注意。

埃及回教兄弟会

埃及的人民团体形形色色，非常之多，但是资格最老的要算回教青年会，它在回教各国有二百多所分会。但是最近兴起的回教兄弟会，才有十五年的历史。它的创办人就是现在的会长——哈三·班纳先生。他是一位小学教员，每月的收入是二十三镑，但是他除十三镑做他的生活费外，余下十镑交给会中作为月捐。直到最近他始辞去了其教书职务，专办会务。该会在最近五六年间发展很迅速，现有分会一千二百处，会员四百万。新近创办的《兄弟日报》，其股本为二十万镑，且计划将建筑宏大的新报社，它将可与《金字塔日报》并肩了。该会现在在埃及很有力量，为在埃各政党所不及。也许它在不久的将来一变成为一个政党。该会设有联络回教世界组，它的注意点是联络世界各回教民族与阿拉伯国家。拙著《中国与回教》一书之问世，多亏该会会长之帮忙。该会领导反对帝国主义，所以英帝曾用一大笔款来贿捐给它，但被它拒绝了。它是纯粹的回教主义，而做泛回教运动。它的口号是“安拉是我们的目的，古兰是我们的宪法，穆罕默德是我们的领袖，为主道而奋斗，是主命”。他们希望在中国设立分会。但是我对他们说，我们有独立的组织，可以互相联系。

九月一日　聚礼一

早五时许，船已渐渐地开入香港的港口。因为船没有靠岸，所以未下地。

四大教法原理

回教的法律，系以古兰、圣训为根据。但是古兰与圣训只是原理原则。圣训中虽亦有些细则，但是社会上的事千变万化，日新月异；又加以空间之不同，单靠古兰、圣训哪会够用呢？于是才有“决议”与“比类”两原理之增添。“当穆圣派穆阿子到也门去传教时，他对穆阿子说：‘你以什么来治理他们？’穆阿子答：‘以古兰。’穆圣说：‘如遇古兰中没有的情况呢？’穆阿子答：‘以圣训。’穆圣又说：‘如遇圣训中没有的情况呢？’穆阿子答：‘以我们的见解。’穆圣说：‘对了。’”回教法理明明白白这样规定出来，叫人因时因地，斟酌新的事实而剖取新的法规。但是现在的人只把这些话看成历史上的遗物，认为只有前人才有剖取之能力，而“四世纪后剖取之门关闭了”，只有盲从古人而已。但是有很多的事实为古时所无，那么怎样办呢？只有采用他人之法，而抛弃回教法。现在回教国家皆是如此。爱大有见于回教的不振在于回教法界的盲从，于是创办法学院，以造就新式的法学人才。但是一二十年来，并未达到这个目的。后来在“阿拉伯同盟”成立后，亦拟创设“法学院”，从事研究回教各法学派别，以资与世界现行的各种法律互轴参照。其目的在于利用新的科学方法来整理回教法，发挥前辈法学家们对于法学的贡献，使回教法成为世界法的重要成分，成为回教国家的法律津梁。

二日　聚礼二　晴

今日始知我们的船遇险的消息已在港三一日报上刊登了，谓：“华侨华利号遇险，港派驱逐舰将其拖回，幸无死伤……”午后偕数同学下地，首先到广泰来旅馆，打问其中是否还有回教服务员，其次打问前者海维谅先生所存放之一箱书籍。但是话说不通，随后用笔谈，始知这班人完全是新来的人，一概不知前事。

香港回教博爱社

后来到摩啰庙去，这是九年前出国时吾等所住之所。但是此一时也，彼一时也，寺中荒草满地，只有两三印度人，大约系住闲的客人吧？后来寺使夫——广东人——带我们到博爱社去。该社也非昔比，经过大战后，门窗都被震毁了，又加以房子太老，据说下雨时漏水。以前创立的小学校，在战时业已停办了，至今不能恢复。该社为中国回民的礼拜寺。此地中国回民大约有一千口，大多数皆为小贩。该社创立于一九二二年，为马慎康的先严马子敬和脱文英等所创立，仅有楼房一幢，楼上礼拜，楼下作大小净用，并作小学教室。还出有刊物一种。但是经过这次战争，一切都停顿了。又加房子太老，破旧不堪，现在正在准备重修。因为这里是中外交通的港口，应该有一座较像样的清真寺。希望各地教胞多加援助！社址在湾仔道陈东里。正在楼下坐着，忽然来了一位聪明清秀的学生，劈头就问：你是庞阿訇吗？我很奇怪，这学生说得一口很好的国语。再往下谈知道他是成达的学生，在桂林上过学，与宝光同班。他是广州马志超阿訇的大少，最近才由重庆回来。

印度回教人的清真寺—摩啰庙

自从英帝占领了香港以后，该地逐渐地活跃起来。统治这个地方的下级人员，差不多都是印度人。印人中有不少的回教人。同时各国回教人来此经商的也不少，于是才有清真寺的创立。其正式成立是在一九一五年八月十五日，是一位孟买人名 H. M. Hosraok Elias 所创，名之曰 :“摩啰庙”。寺址在半山腰，很宽敞。寺内设有孤儿院，旁边有小公园，有旅客寓室。寺内幽雅，布置完善。回教人最多时有五六千人，现在只剩两千来口。前任伊玛目为印人，主麻统归这寺礼，印度人差不多都懂得广东语,因此讲“卧儿祖”最宜用广东话,否则需要翻译。现由张广义阿訇兼代。张阿訇广州人，是一位精干的青年阿訇。听说本月原要召开全港回教人大会，统一中、印、马回教人的组织，不幸未成功。

对岸九龙,亦有清真寺之设,在尖沙咀弥敦道。那边也有不少回教人。

三日　聚礼三　晴

马慎康先生约请全体团员明日下午晚餐。

四日　聚礼四　晴

今天全体团员都下船了，下午在香港唯一的回教馆子—友兰集合了。除本团全体外，尚有张阿訇和港上回教名流，齐聚一堂，互相谈欢，都表现出回教兄弟的热情。饭后摄影，以作纪念。因时间过晚，全体宿博爱社。

印度学生团

五日　聚礼五　晴

今天没有回船上去。下午有印度学生名 Sbdu, Llak, Naby 来访。相谈之后，知道他们是印度政府派去美国的学生团。其中有回教学生共三十名。乘 S. S. Glneral Gorden 号，前赴美国，经过香港，听说敝团在港，特来相会。但因诸同学都在船上，未能与大家见面，颇为遗憾。晚又宿博爱社。

香港回教坟场

早礼后与张阿訇等前往回教坟场参观，并给各位亡者游坟。尤其是马子敬老先生与刘三阿訇伯亚，两坟并立。刘阿訇是海南岛人，因想改革念经人的生活,所以改行经商,曾在郑州做过“志记”皮庄,时在民国九、十年间。那时我任郑州清平里寺阿訇，我们是那时候相识的，不料我能到此地给他游坟，真是巧遇。

六日主麻　晴

此地礼主麻都在摩啰庙礼。张阿訇让我领主麻，他讲“卧尔祖”。参加礼拜者，有五六十人。与九年前我们过港时，相差多了。晚宿博爱社。

在主麻拜后与印度、马来的教胞们一一握手，互相道“色兰”，并在客室相谈，而后回博爱社了。晚上回船上。

七日　聚礼初

熊振宗由广州特来船上相会，张阿訇与他偕行，相谈甚欢，逗留时间很久，并约全体团员明天在“强民”茶室早餐。

广州光塔小学校

振宗是我们团员之一，于三年前他就离开我们，到船上服务，遍游五大洲，最近才由英国回港，约在我们之前两个月，现任光塔寺小学校校长。该校有学生三百余人，自从他接办后，学生中的回教学生由少数而变成多数了。有教职员十余人，并计划由下学期起完全换成懂得国语的教员，并且尽量选用回民教职员。他立志为广州回民教育打下一个良好的基础。祝他成功。

治贫治愚两大目标

八日　聚礼一　晴

早晨赴过振宗的早餐，下午就是博爱社的欢迎大会。下午一时许，来宾陆续地到了。开会时恭诵清真言，继由张阿訇报告开会意义，由白学先生致开会词毕，请我讲演。讲词如下："诸位兄弟，真主赐福你们。天下回回是一家，因此在我们出国时，曾蒙贵社招待，现在又来遭扰你们，这是我们感激不尽的。蒙主席先生奖勉有加，我们实不敢当。古兰云：'让你们中的一部分人出去学习，以便他们回来时，忠告他们的族人。'（九：一二二）我们是本着这段古兰的精神出去学习的，今后当尽全力服务宗教，不辜负各位教胞们的希望。治贫治愚是我们奋斗的两大目标，多提倡教育，尤其是职业教育，鼓励回民生产……"

广东省回民分布概况

地名	清真寺数	户数	人口数
广州	五	约五百户	二七六二人
香港	二	约六七百户	约三千人
九龙	一	约数十户	约二三百人
海南岛	四	约四五百户	
肇庆	二	约七八十户	
澳门	一	约一百余户	
曲江		约十余户	

第九章　由香港到福州

九日　聚礼二

回船上，因为快启程了。

十日　聚礼三　晴

船出坞，准备开行。

我的中年回忆

自从我在桑坡本坊跟王松岑、买广德二位老师读过了“连五本”，就想到外边去学习当海里凡。于是在我十七岁那年就跑到洛阳去住学。但是因为年纪太小，都住不上，于是就回家了，在本村东寺跟石万聚阿訇念经。这时候我的书学老师姬绍公先生，就在这寺附近全兴合家中当私塾教员，我不时到老师那里去学习点东西。当时马松亭阿訇就在我老师的学校旁边借了两间房子住着，每天跟丁锡忍老师讲《勒目阿提》，夜晚到姬老师处去研究《性理》与《典礼》。他是姬老师很要好的朋友。不久松亭阿訇就回北平了。次年我的老师姬绍公先生因肺病而归真了，时年二十七岁。

后来在老寺跟杨四阿訇泰贞、西寺跟张秉礼阿訇念经。在老寺时多蒙马蓝田阿訇给我们讲经。后来因为喜爱读“法尔西”文，才到西寺去跟张老师念经。我就在这一年结婚，那时候我已二十岁了。结婚后到沁阳汪街寺跟马连三阿訇念经。陕西派的学生是不求实际的，都是好高骛远，讲经多讲前边的几章，不是从头讲到尾。我就受了这样的害，不爱多讲，所有的“赛伯格”经——课本经，我没有从头到尾读过。但是所有的经我都读了一点。

关于入月的问题，大概我国原来不都是老初三，后来有人提倡以看见新月而定，就是到了初四初五也无妨。我村——桑坡原来都是初三派，后来都改了，唯我坊西寺未改。西寺以亘古自蒙，而以有团结性著名。西寺出的念经人最多，凡是本坊有事时，在外坊的本坊念经人，都被邀请，在这时候我们青年念经的，受了当时潮流影响，都改成见月了，那当然是要受本坊人的白眼。后来又受到“伊黑瓦尼”（新派）的宣传，而渐渐地顺向新派。

清平里寺

在马连三的学里不到几个月，他就被郊州清平里寺所请。在他赴任前，先派我去代理。该寺是在民国初年化平巨商马良骏先生所独创。我到郑时，马君刚去世不久，寺内一切花费由马家独担。这时候还给我招了两位海里凡。每天除给他俩讲经外，就是预备个“卧尔祖”。两个人还是讲两种东西，一个是《法苏里》法尔西文的；另一个是《满俩》。当时我二十二岁，初出茅庐，缺少经验，只有边教边学。该坊虽是家数不多，他们原籍都是陕西，都爱吹毛求疵。

我因为念过几天书，所以爱看报，这时候寺隔壁就是马家的银号——泰和成，经理白敬甫先生是我的同乡，每日在寺礼拜。他曾劝我深造，投考省立中学，情愿帮助。但是我因为已走进阿訇的行列，同时又有家庭的负担，不能再继续读书，所以婉言谢之。很快地一年过去了，在马阿訇上任后，我的任务完了，就回家去。那时候本村人要想成立一所“经汉小学校”，就请我来主持。我没有学过教育，哪里懂得教书，但是没有朱砂，只有用红土来代替。

在几个月之后，因不感兴趣而辞退了。就到晋城马自成老师的门下求学。在这里时间虽是不多，但是受他老人家思想上的启发不少。

虎延璋阿訇

在那之后就到许昌虎延璋老师门下，老师四川人，在陕西和开封善义堂跟马阿訇多年，学成后在河南开学，擅长“克俩目”，后来他受马广庆阿訇的影响而改奉伊黑瓦尼派，成为河南新派中数一数二的阿訇。我在这学里住了一年多，当时的许昌已经改变了，不吃“海底业”。我因为受了新思想的感动，也不愿再吃“海底业”了，于是就打算改行做买卖。我们的村人都是做皮业生意，于是我就同父亲，到甘肃去做买卖。但是他老人家想叫我去甘肃念经。到那里再说吧，从家里同父亲一块儿起身了，时间是在冬腊月，天气正冷的时候，当时的火车只通到观音堂，再往西就要靠着两条腿跑了，扛着行李，一天百十里，那时不懂得“候坤”，在道上礼拜，非要洗小净不可，洗罢小净父亲的胡子上都是冰，手脚上都裂成口子，行路困难。这是不懂得“候坤”所遭的害处。殊不知旅行人应用上净，那样的冷天也应土净，教门是益济人而不是伤人的。

到了陇南张家川，住在德盛皮店里，隔日到陇山镇去赶集，买点羊皮，有时也到张市东清真寺安宏宝阿訇那里去听经。很快的半年过去了，买点皮子回到家里来熟，制成货件。因为那一年货迟，在家里不能卖，于是又同村人到汉口去卖货。在汉口住在前寺马广庆阿訇那里。前寺是很富庶的坊，每月房租要收入近一千元之多。马阿訇老人家又是有朝气的青年新派阿訇，学内有十几位海里凡，看去颇有欣欣向荣的气象。

我的货卖完了，也快吃花完了，剩下几个钱买点布带回家去卖。不久又回到晋城马自成老师那里。在他所办的崇实学校担任功课。那一年的斋月就派我到陵川县去担任临时阿訇。该县有回民十多户人家，平时养不起一位阿訇，每年斋月请一位阿訇来领导封斋礼拜。在西边附城镇，有回民数十户，当时的阿訇是马蓝田。在北边平城镇有回民数十户，当时的阿訇是赵连城，我们三人是同时到那里去的。

晋城崇实学校

当时晋城的教门非常好，户数虽不多，只有二百来户，却有清真寺五所。自从马老师到那里，竭力提倡教育，创办学校，组织通俗讲演会，还计划创办刊物。那时候的崇实学校，虽是个完小，它的成绩却非常地好，因为有马君图的辅助，所以该校蒸蒸日上。后来为其二少马寿宣所跋扈，不用好人，虽然扩充成为中学，但是一天一天地糟下去了。马君图竭力提倡教门，在城内修建一座总寺，计划合并各礼拜寺在一处，并且还要开办经汉大学。大寺是修建成了，而计划成为泡影。后来我和马老师同时辞退了。我到了郑州，恰好刘志三阿訇和郑研真先生等正在筹备创建研究社，于是我加入了。

郑州研究社

研究社的组织，是伊黑瓦尼派新的设施，在内容方面与清真寺没有多大分别，不过顾名思义，这是一个研究教门中问题的机构，不是专供礼拜与吃“海底业”的地方。在那之后桑坡、平凉等地也纷纷成立研究社。那时候郑州研究社是我和志三阿訇主持，设有一所小学，有妇女讲演会，有成人教义研究班。新派既不吃“海底业”，又加那是一个草创的机构，很难养住我们两人，于是志三就离开那里，交我一人负责了。我看那样子的办学是不成的，于是就想使它成为一个正规的小学，但是力量不足，这才和众乡老商议到外边去募捐。当时有人建议，为礼拜寺募捐，不要用学校名义去募捐，恐有影响捐献。但是我认为办学校比建礼拜寺有意义，于是我坚持用学校的名义。到了许昌、汉口、上海，多蒙马广庆、李先慈二位老人家的帮忙，共捐有几百元。计划继续募捐，一部分建筑校舍，一部分作为基金。我在这里已三四年了，坊上清贫，收入不敷家用。后有李相甫、刘登魁二位哈吉拿出资本来，合伙做皮业生意，由家父主持。不料那年的皮袄生意不佳，还得赔钱。正在这时候接马自老和松亭阿訇的信，约我到成达帮忙，从此我就离开了郑州。民国十九年到成达，二十六年离开它，整整八个年头。在这个期间除了上课，就是管理学生，因为我担任训育之责。有时也做点翻译和写作，但是校务繁忙，不能专心写作。

出香港

十一日　聚礼四　晴

在正午十二点左右船开动了，慢慢地出了鲤鱼门，进入大海。天气晴明，一路上渔船甚多。太阳渐渐地沉了下去。这时候风起来了，船也不停地摇摆，只好早早地睡觉。到了午夜风越刮越大，船的摆动更烈，不能安枕。直到世清下了瞭望台进到屋里，才知道船已回头往香港去，因风势太大，不能抵御。这样沉闷下去，好容易到天亮了。

十二日　聚礼五　阴雨大风

“船到哪里去？到香港去。”这是船上人互相谈话的内容。正在这个时候下部机件又发生了障碍，不能行动，只有任风摆弄而已。如此整整一天，也没有到香港。天慢慢地黑了，还没有想出办法来。全船的人都带着失望的心情又入睡乡了。自从到科伦坡以后就没有晕船，这次因为风势太大又呕吐了三次。

十三日　主麻　阴

早礼后头昏脑涨地坐在舱板上。不一会儿船长过来了，指前边的山头说：“那就是香港。”我才知道船已跑过了。又看见那边有只军舰和一只商船过来。船长想通知这军舰来拖我们的船，但是想推卸责任，要新由香港上来的中国人大车来签字。新大车说：“我来接船并来接受职务，不能签字。”随作罢论。但是不久机件修好了，时约十点左右，这才开赴香港，直到下午六时才到。这时候才知道船被吹过香港了。船停在筲箕湾太占码头附近。因天晚没有下地。

十四日　聚礼初　晴

早饭后到博爱社去。因受船的摆动，又加有点感冒，身体不适。船没有靠岸，而是停在海心，乘舢板到岸上。身上酸困，下了舢板勉强登电车到博爱社。恰巧张阿訇未在，我就倒在床上，好几个钟头才起来。等张阿訇回来后与他商议，另找船到上海，不等候原来的船了，今天看见《华侨日报》上刊登博爱社欢迎敝团的消息。晚上马志超从广州来。今晚除张、马二位阿訇外，有白学、马慎康、脱文英、萨兆喜、杨一飞诸位来谈。晚上宿博爱社。

十五日　聚礼一

早礼后偕马志超到筲箕湾拜访诸同学。但是到那里之后遍寻不见船影，问诸舢板皆不知其去向。又到太古公司去问，他们说昨日晚上船已开走了。只好暂回博爱社再作打算，想于次日到广州乘飞机到上海。忽然听着楼下宏毅道“色兰”的声音，一看果然是他。于是才问明船是到九龙进黄埔船坞去修理。这样，到广州乘飞机的念头就打消了。

十六日　聚礼二

没有下船。

回教与科学

科学的进步一日千里，近些年的成就更大，如盘尼西林与原子能的发明。科学越进步，人类越幸福。不过要把科学用在给人类谋福利上，不要拿它来杀害人类。这次对日本使用原子弹，在人道上来讲是不应该的。古兰云："你们为主道而杀害那杀害你们的人，但是不可过为，安拉不喜过为的人。"（二：一九〇）

有些人认为宗教是反科学的，也有宗教人认为科学是反宗教的，但是回教则不然，因为科学是使用理智推测物质的原理与作用，而回教正是鼓励人类使用理智观察万物的。在古兰中提到理智的地方有四十九处之多。圣训中也有很多地方鼓励人类使用理智。教法的每一条例都举出经典的证据和理智的证据。因此中世纪时回教对于科学有很多的贡献，欧洲的文艺复兴也是导源于回教。还有人认为宗教是不可理解的，那是错误的，今后我们应当利用科学来发展宗教，利用宗教来提倡科学。

十七日　聚礼三　晴

未下船。

十八日　聚礼四

今天杜寿芝由此飞沪，下午一时起飞，五时可达。船已出坞。

十九日　聚礼五　晴

下午三时许船开出了港口，风平浪静，每小时可行七十英里。由香港到福州约有四百五十英里。

二十日　主麻　晴

无波浪。

二十一日　聚礼初　晴

北风虽不大，却很紧，以至船行由七十英里减低到五十英里。在夕阳西斜的时候，天色惨白，温度减低，颇有北方秋天的意味。

二十二日　聚礼一　晴

有微风。

埃王法鲁克的中国钱币

埃及前王福德一世是世界著名的集邮家，当他归真时，邮票是给他的爱子的重要遗产之一。其子亦爱好集邮。一九四六年开罗举行的世界邮展大会上所展出的邮票，大部分是由他那里借出来的。他除集邮外，尚爱集钱币和古物。他的中国古物不算多，但是中国钱币可不算少，上自所谓尧舜钱、刀钱、铲钱等，直到近代的各种各样的钱币。他有早年的金砖、金圆，各种银圆和历代的铜钱、铁钱等。有冀东伪政府的各种钱币，又有在江西时苏维埃政府的各种钱币。自从一九四〇年我负责给他鉴别中国古物、钱币、邮票以来，每周要去工作一两次。因此他对于我国的国情尤其是回民的情况知之甚详。他的这些东西都是从美国买来的，有专人管理，那是一位意大利人，在他那里服务几十年了。

当我们快回国时，正式谒见他，报告敝团在埃九年的经过，并呈递拙著《中国与回教》。蒙他鼓励敝团将来对于中国国家与回教做出努力。

二十三日　聚礼二　晴

下午三时许已抵达闽江口外，但因潮退水小不能进口，稍待于五时许开进内江。两岸都是山田，山庄栉比，三五牛羊散放在田里。农夫正在结束其整日劳动的工作，牵着牛拉着驴，奔向其安心之所，去享受其劳动后的家庭快乐。而我们呢？漂流在外，十更寒暑，未尝家庭的滋味。再进则望见两岸残缺的炮垒，地势非常险要，但是我们不要强，没有强大的国防，才遭受敌人的蹂躏。像这样的锦绣河山险要隘口，我们不知有多少！今后如果再不争气，还要打内仗，将来要闹到家破国亡了。

此次我船来福，原为装载木料。福建的杉木出产丰富，在战时未能运出，所以积存很多。照现时运输量来估计，再有五年才能运完。

二十四日　聚礼三　晴

早饭后偕几位同学到福州去。由马尾乘公共汽车到福州，沿公路傍山而行。汽车是破旧的老林车改装的，行车时颠簸异常，简直无法安坐。半道上来几位刘建绪的兵，卖票的要他们买票，他们把卖票的吓退了。他们要在福州前一站下车，但是没有预先声明，直待开过站了，又大骂开车的站住，真是岂有此理。抗战八年，军纪还是如此腐败，国家有何希望？据闻刘建绪的军队纪律最坏，横行霸道，一切公共事业都被他们强占不出钱，闽省人民怨声载道，如同刘峙、汤恩伯在河南一样。河南有童谣："宁让日本人屠杀，不愿汤恩伯的军队驻扎；宁让日本人驻扎，也不愿汤恩伯的军队搜查。"

福州清真寺

因为不知道清真寺在什么街，到处去找，找了两三个钟头才找着，是在南街泰安桥。这还是碰到一位懂得国语的长者告诉给我们的，否则要空跑一趟。福州市回民很少，市民都不知道回教是什么。在福建省有很多回民叛教了，听说前海军部长萨镇冰就是一个。我很早就想看看回教史上著名的几个东南方城市，福州就是一个，有此机会，哪能放过。

寺内现无正式阿訇，是由一位贤永康阿訇代理，他是阿訇的后辈，并有济南王新治先生在寺内帮忙，他任榕警察武术教练。兰大坚是社首，他现任省府秘书。当日他听说我们到福州来，特地来谈。他对宗教有相当的根底，并且也很开明，曾在寺内组织过小型阅览室、讲演会等。可惜地方教民太少。我想找一两位土著回民，但是据说已没有了，现在的回民都是近些年来迁移来的。

寺内最早的碑是明嘉靖年间重建清真寺的碑记，据该碑说该寺创自唐贞观二年，是否正确，尚待考证。

留在那里两天，蒙王新治及坊上各位的招待，临行时又蒙阿訇给买车票，我们真是感激不尽。在那里与那素不相识的回民接谈，如同兄弟一样，真表现出“天下回回是一家”的精神来。

清真寺坐落南街泰安桥。南街现改名中正路，是条最繁华的街，清真寺位置适当。据碑记说明，该寺纵横各三十多丈，但是现在已不够数了。大殿为五大间，是很古的样式，殿前有南北讲堂各三间，在二门外又有南北廊房各三间，又一门过去是天井，前边有临街楼房三大间。大殿的西、南、北皆有很大的天井。在西边空地外有民房，亦是寺的房产，现租给屠宰场用。寺内房屋皆为教民分住，全坊教民约五十户左右。大殿前有唐何三在民国十年任厦门关监督时之匾额一副,上写“显扬圣教”四个字。

二十五日　聚礼四　晴

早礼后偕王新治等游览名胜下午回到船上，不久就下起大雨来。风越刮越大，雨彻夜不停。其风势之大，为我们一路上所未见过。次日早晨才知道昨夜我们的船上拉锚的铁绳被刮断一根。河面满漂着木材和尸体，因为当地装木材的船很多，被刮翻了。闽省数月没有下雨，粮价飞涨，这一次的雨又成灾了。

闽省教育，在战后颇有进步，尤其是中等教育，战前中学生一万余名，现在已增到五万多名了。

福建全省回民分布概况

城　市	寺　数	教民户数
福　州	一	五十户
泉　州	三	四千户
惠　安	一	一百余户
邵　武	一	一〇二户
厦　门	一	三十户

马尾港与福建省会福州

马尾：马尾距离福州约五十至六十华里，是闽江入海的口子，在中国的港口中说起来也算是二等港口。当年有海军造船厂之设，但因无国防，早已拆除净尽了。该港没有现代设备，大船进不了港口，但是万吨以下的船只来往的也不少。可惜得很，连电灯、自来水都没有。由马尾到福州的路崎岖不平，又加上汽车破旧不堪，落后的国家，一切都谈不到。当局者自私自利，贪污肥己，不顾国家与民族。

福州：福州市的街道尚称平坦。它的交通工具除过东洋车和几辆破旧的公共汽车外，没有别的新式交通工具。汽车在街上是很少见到的。街上没有大的建筑物。市内除电灯外，连自来水都没有。至于其名胜，除过残破的西湖公园外，别无他物。市民有三五万人。海外华侨中，闽省人占一大部分，但是对于本省的建设毫无帮助。虽有胡文虎君在闽籍侨胞中竭力提倡建设新福建，但是尚未看出成绩来。

福州重建清真寺碑记

重建清真寺

清真寺之建，盖以崇天方国之教也。天方肇之盘古，衍于西域，去玉关万余里，地舆袤广，民物繁熙，自古与中国辽绝。至隋开皇间，有默德那国王，名谟罕蓦德者，尊号为别谙拔尔，生而神灵，有大德，专以事天为本。天乃授经三十藏，记一百一十四部，分六千六百六十六章。书体旁行，有篆、草、楷三法。旨义渊彻，要皆祛恶摄善，忠君孝亲而已。惟乃祗诚捧诵，日按五时西拜以答。开皇七年，其徒奉经入关。赛尔德·斡葛思者，传其业，遂航海抵闽，教道始行，布护流衍洋溢中国，各处建寺以祀。然其法戒心诵经、行慈重杀〔牲〕，每月越牛娄鬼亢之辰，拜天祝圣。每年一月持斋，饥不食，渴不饮，以消其三毒五浊之愆，故名其寺为清真焉。闽之礼拜寺，即清真寺，始建于唐贞观二年，其址在城南侯邑官贤之界。东临官衢，西抵邑庠，南至民房，北依万寿，纵横浑广计各三十余丈。迨元至正时，堂宇倾圮，廉访使张公孝思捐奉重辑。国朝以来，本教为宗伯桓公琦、司空赵公荣、少卿赵公玹、同知马公庆、知县张公坚、教谕王公澧、马公成；莅兹土者，如都督马公澄、都闽张公勇、许公清、张公清、兰公镇、张公桓、按察使沙公鹏，辄加整饬，灿然壮观。嘉靖辛丑，灾干回禄时，有隐溪张君洪者，懋著行能享有冠服，遂概然思有以创之。乃精心主缘经制筹画，谋于古里国使臣葛卜满之裔文明者。文明曰：吾宗自永乐以来世受丰禄，祝圣之场，吾奚容懈哉。即董率其工。而教长马公文衡、文亮，马公缙同劝募。概教士夫长者，随出资粮，而弼谐其美。散官商寓于闽者，东山陈君琰守静、杨君钺隐斋，马君天锡、秀山，田君聚闽泉，马君玺，捐金助益，而适视厥成焉。其寺肇工于辛丑之冬，落成于已〔己〕酉之夏，中构拜堂，面树华表，左座茶厅，右列房廊厨舍，傍盖民居，岁收其赁以增圣忌之需。主寺之人毋得而侵其间。栋梁榱桷，金篆辉煌，视昔特为奠丽也。其礼仪规度，则分理惟严。掌教则木君大亨主之，副教则木君大用主之，佥教则张君瀚、木君文奇主之。至于师模则沈君鼎、蒲君文瑞以统乎教。木君大节、大经、大咸、大亮、大纶，马君文广则助乎教。其厚立义，盟以为死葬贫乏之周者，则仍望旧也。夫寺既重华，道尤隆盛，庸可无纪以阐其美哉。于是隐溪君暨竹溪葛子走币征言。余以为吾道寻常自归正觉，盖非寂灭如释，虚无如老，要不越乎斋戒以神明圣德洗心以荡涤其邪，修诚复性，澄源返真而已。又且事天，以聿追夫太初，尊君以虔，恭夫太上，周贫重义以固其本源，其于彝伦，又殍然不紊矣，于世道真可少耶。斯寺之建，殆范围斯教之基欤。敬志诸贞珉用不朽。兼以嘉隐溪君之绰底肤功云。

嘉靖二十八年己酉仲夏吉日

赐进士第朝列大夫湖广布政使司

左参议良斋米荣撰并书篆

二十六日　聚礼五

下午晴了。

二十七日　主麻

晴明无风。前夜里大风，把铁锚绳刮断了。昨晚又接到台风回转的消息，船长马上就准备起来，拉了警笛，又请领港的来协助。知感主，风的来势不大，平安地度过了昨夜。但是打捞铁锚，需要二百五十万国币。已经三天了尚无音信。

因陋就简与宁缺无滥

因陋就简，不为错，不过在事业的开始时可以，不可以永远地因陋就简。如果永远的因陋就简什么事也成不了。应由因陋就简达到宁缺无滥。这样才能把事业做好。穆圣曾鼓励我们说："你们做今生的事业，好像你们永远不死。"

从一个到十个

“从一个到十个”，按艾布·哈尼法说是九个，因为第一个是起点分子，必须入在总和内，而总和没有分子是不能成立的。第十个与第一个不相同，所以不能列入，故总结是九个。二位大弟子说：头尾都要列入总和内，所得到的总和是十个。第三位弟子祖法尔脱认为，两端都不入在总和内，所以数的总和是八个。这是各位伊玛目剖取教法时，在学理上的主张不同。

麦拉额校长对于我留埃学生的希望

有一次与麦拉额校长谈话，他问：“听说你们的学生回国后都参加政治工作？”我答：“有一部分。”他说：“他们学的是宗教，还是做宗教事业相宜。真主云：‘让你们中一部分人出外学习，以便他们回来时，忠告他们的族人。’（九：一二二）至于政治，不是不可参加，但是要其他兄弟们去参加。宗教事业一天一天地衰落。圣训云：‘伊斯兰离乡而来，将要离乡而归回。’但是我们绝不气馁不失望。古兰云：‘失望的人是没有信仰的人。’（六〇：一三）”

麦氏除阿文外，尚懂得英文，不过只能看书而不能说话。他是一位宗教政治家，是埃王最崇拜的人，而有当哈里发的野心。

二十八日　聚礼初　晴

二十九日　聚礼一　晴

原定二十七日开船，因为铁锚尚未捞着。又加以船公司要在舱板上装载七尺高的木料，这是违犯船规的，所以船长不同意。公司许以重礼，但是到上海才交的，这样彼此僵持。我国的事无大小，都是贪污行贿，不管船上人的生命。

第十章　由福州到上海

十月一日　聚礼三　晴

下午二时许船开出闽江口不远，管子漏水，停在一个小岛旁边修理。

二日　聚礼四　晴

早晨五时开船。

伊黑瓦尼派

中国的回教派别，严格地说起来，是不能称为教派的。因为既无学术上的理论，又无创造的主张，不过就是在末节形式上有点不同而已。可能在很早的时候，经海道来到中国沿海一带的穆斯林，都是逊尼派的阿拉伯人；经陆路来到西北的穆斯林，可能都是什叶派的波斯人。后来年代久远，这些派别就没有了。从什么地方看出有这些派别呢？就是现在所存在的什叶派的遗迹，例如重绿色，尊重法图麦（每年各地举行法图麦圣会）等。后来派别的形式甚至于名称都没有了。

直到马来迟领导的华寺派、马明心领导的者海林业派产生以后，我国才有教派之分。其他的那些小的派别完全不足道。者派是有组织的，华派对于回教社会是影响最大的。华派与大众不同之点是"苏补哈"完经，即是开念《古兰经》，完了时念"苏补哈"。旧的办法是从开头念"法提哈"。另如脱鞋站"者纳则"；以见月入斋，以见月开斋；不宰倒头羊，不吃丧家饭，即是亡者家中不预备吃的，按规定是遇了丧事，亲友给他家送吃的。诸如此类共有二十多条，但都是些末节问题。这一派流传甚广，其大部分是在西北。河南的洛阳、荥阳、郑州、清化，山东的青州也都是这一派。俗称它为新行。但是年深日久了，与回民大众也没有什么隔阂了。

后来到了清末民初，有马万福阿訇（因为他是河州果园地方人，所以以"果园哈吉"著名），他看到中国回民的许多宗教仪式违背了教法经，于是他就提倡改革，以驳倒异端、复兴圣行为目的。他们自称为“伊黑瓦尼”，即兄弟；或“艾海里逊纳”，即圣行派与遵经派。俗称他们为新新教。这一次所要改革的共有三十多条。今举其较为重要者叙述于后：

一、念经受酬问题

《古兰经》是为活人下降的，而不是为死人下降的。为亡人开念《古兰经》也可以，不过要自己为其先人或亲友来念经。至于请人来念经，包一包“海底业”则不可，这是法学经上所禁止的。以上的话是哈乃斐派的主张。因为圣训“你们对亡者念‘亚辛章’”是笼统的，不过这段圣训各家解释不同。马立克和沙斐尔说：“圣训所指的是临终的人，不是已死的人。因此对亡者念古兰使不得。”除此二派以外，一大众派也是这样主张。唯罕百里和哈乃斐主张可以念。虽如此，但是可自己为亲友念，不可雇人念。

希达业注——塔真和阿尼说：“雇人念经，念的人既无回赐，亡者焉能有回赐。为现世而念经是受禁止的，拿代价的人和给代价的人都有罪。现行的念几本，给价若干，是使不得的。因为其中有令人念经而把回赐给与令念的人，念的人完全为的是金钱。念的人因其没有正确的意念，而得不到回赐，焉能有回赐给与主顾呢？如果没有代价，谁也不肯为他人念。这样，是把尊贵的古兰，当作谋生发财的工具了……”在那之后又引证塔塔尔汗、伍路真、穆黑图、班机子等的话：“在其临终时遗嘱，请人给他念古兰，而给念的人点礼品。这是形同代价，念经有代价是不合法的，是异端。苏哈伯们没有这样做过……假使一人为其亲友游坟，而念古兰时，那是合法的。至于这样的遗嘱，是没有意义的。给念的人送点礼物，也是没有意义的。那是形同代价，以代价念经，是不合法的……”（以上载在《沙米经·伪代价篇》第五册，三十九页）

这种办法在外国也有，由以上各派的主张不一致，就可以看出来。我想中国演变成现在的形式，恐有其原因在。宣扬宗教是每一个穆斯林的责任，但是每人都负着家庭生活的担子，于是才有这分工合作的办法。请阿訇担任教务的责任，用念经给酬的法子来维持阿訇的生活。但是新派改革这一点，也有新的办法，即是注重抽天课，来供养阿訇，或是阿訇兼做生意。这样就有许多念经的改行了。这一点我们应当注意。如果由于阿訇无法维持他的生活而兼做生意，这都不是根本的办法。至于以吃“海底业”为职业而放弛宗教任务的，甚至于其自身也不礼拜、私人行为又不检点的，那应当改行。因为吃“海底业”发不了财，甚至于连最低的生活也维持不了，倒不如改行，做工商或务农来生产。应专保留正式的阿訇，给以能维持其生活的薪金，以便他专心为宗教服务。新派主张：吃了不念，念了不吃。因为圣训云：“你们念《古兰经》，不要以它而食！”

二、丧　葬

一、者那则：者那则是礼拜的一种，即是没有鞠躬、叩头的礼拜。因此必须要小净，因此要脱鞋。如果是皮底鞋自觉没有污秽时，也可以穿着鞋礼，因为穿着净鞋礼拜可以。在我国穿鞋不穿鞋，自古就是阿訇们争执的问题。在马来迟第一次改革时，就有这个问题，他主张必须脱鞋。昔日在陕西对于这个问题闹得很严重。有一位阿訇主张必须穿鞋，但是要穿净鞋，凡去站者那则的都要另带一双净鞋。甚至于到大殿礼拜时，也要换一双净鞋。这真是庸人自扰。

者那则虽是为亡者做祈祷，但是一种礼拜的祈祷，不是单纯地做睹阿以的祈祷，因此必须有小净。以为这是睹阿以而不脱鞋，那是强词夺理。

因为者那则是一种拜，而亡者如同领拜者，所以应该把他放在地上，不应放在凳子上。这是载在《沙米》《麦拉根》等教法书上的。至于《天方典礼》上说用凳子架起来，那恐怕是根据中国的习惯，而没有教法经的根据。不过双方都不必太强调了，可因地区环境去处理，不要为这一点末节而动感情。

二、念塔哈：在洗亡者时，在其旁边念“塔哈章”，这是没有圣训或教法经的根据的。圣训所说的是对临终的人念“亚辛章”。并且教法经把在洗亡者之前念古兰断为嫌疑。认为念塔哈能避免蟒蛇的话，在教法经和圣训中是没有根据的。

三、传香炉：按教法经规定，在人绝气后，用香转了水床后再把亡人移到上边，那是因为避免臭气，而熏以香气。但是这不是在洗了亡人、装在匣里之后办的。

四、转经与转钱：老派是转经，新派是转钱。其意义是：亡者撇欠斋拜，无法还补，而哈乃斐派的教法学家想出用转钱这个办法来清算亡者撇欠的斋拜。每番斋拜以二斤小麦计算，共合多少。如果亡者有钱，可以如数出散了。如果他没有钱，可以借钱来转。在转时主人说把这一笔钱出散给一位念经人，而那位念经人又回散给主人。这样子，如果转的钱是一万元，转了十个人，就成为十万元了。如此办法，全满其已失斋拜的罚金数目。这是哈乃斐派教法经所规定的。如《沙米》《脱哈塔威》等经，就把这种办法称为“设法脱去斋拜”。

至于转经呢？是说《古兰经》是没有代价的，转经比多少金钱都更能免掉其斋拜。这种说法是没有根据的。

那么转钱是不是合法呢？按照我们的派别来说，这是合法的。不过也受到其他派的批评，批评者说：“这是一种伪装自欺欺主的行为。”（见《法学史》一五〇页）

五、围坑：即是用白布，上写阿拉伯文的赞词，围在坟坑里。这也是新派禁用的。因为尸体是污秽，不应把古兰或主、圣的名字与污秽放在一块儿。连胸膛“睹阿”也不许写。

六、穿孝服：这完全是汉族的习惯，无论新派老派都不承认它合法。所不同的是老派盲从、凑合，新派彻底取消它，认为这是浪费、是应禁止的。不但如此，还有“库夫尔”的嫌疑。那身穿孝服，头勒孝带，哪一点能看出他是回回来？就是在右臂上缠黑箍，那也是耶稣教的制度。穆斯林对于亡者是无所表示的。

七、号哭：为圣训所禁止。伤心啼哭则可，但是号哭、打脸、扯衣，这些都是禁止的。

八、抬亡者：按照圣行的抬法是：四个人，还要亲友，两个人在前，两个人在后，每抬四十步一换。但是住在大都市里，离坟地太远，那么可以雇人抬，但是不必要十几抬，或几十抬——那完全是浪费。最好是要穆斯林来抬，既可为他求饶作睹阿，又表示互助的精神。

九、纪念亡者：为亡者开念《古兰经》的问题在前边已说过了。至于在殡埋之后的七日、四十日、百日、周年等纪念，以及当日的宰牲纪念，都是新派所禁止的。这些在马来迟第一次改革时，就已改革过了。在《穆罕默德的路线》一书的第三篇——异端事项中说："异端的事项中有，在埋殡亡者之日待客或食贫，或给人以代价请其为亡者念经、念睹阿，或在其坟上住四十天（或多或少），或在其坟上建筑等，这些都是被否认的，被禁止的。以此遗嘱或以此贡献给公众，都是不合法的。享受其利益是受禁止的，以此念古兰有罪……"

三、拜中起指

在拜中坐定时，念到做证言，起其右手的食指来，以表示真主独一的意思。这也是新老双方争执的问题。起指为副功圣行，是没有异议的。不过不可太强调它，以至认为礼拜如果不起指时，应当复礼。因为拜中故意撇掉副功圣行，算是重嫌疑，拜中起了重嫌疑，应当复礼。这种说法未免太绕弯子了。不如直接来说，做了副功圣行有赏，不做它无伤。今将《伟戛业》及其小注《欧目代》经中关于这个问题的论述译在后面：

"坐定时两手放在大腿上，展开手指朝向天房。这与沙斐尔派有所不同。他们是蜷其无名指和小指，把中指和大指挽成环，在念做证言时，抬起食指。我们的学者们也有这样做的。"（《伟戛业》原文）所谓学者，即是伊玛目长者们。伊本·麦斯欧德传的圣训是这样："穆圣在坐定时把右手放在右大腿上，蜷其指，而只把食指抬起来……”穆罕默德说："我们应遵行圣人的行为，这也是艾布·哈尼法的主张。”艾布·优素福说："蜷其无名指和小指，把中指和大指作成环，用食指指点。”这是真正的圣行。并且我们有许多学者也这样做的。“以下引证了许多经名来赞助这个主张，批判开达尼等的反面主张。”（后一段是《欧目代》的话）

四、“睹阿以”后抹脸一次

“睹阿以”是祈祷的意思，即是向真主求祈慈悯和饶恕。但不应当在“睹阿以”中做发财或其他的自私自利的祈求。

做“睹阿以”时，应面向天房，因天房是穆民朝向的对象。要抬起双手来，先赞念真主和圣人，再叙述其所求祈的，最后用双手抹脸，取其把真主的慈悯抹在身体最高尚的部分——脸上。有欧默尔所传的圣训："穆圣作睹阿以时，抬双手，直到完毕，用双手抹脸。”

这种抹脸当然是一次。但是在习惯上，凡是好的讲话，好的赞词，好的歌唱，都希望再重复一下。这个“睹阿以”后的抹脸也是如此。因此老年的阿訇们，就增加成抹脸两次。不过按圣行是一次。这个问题，曾在第一次改革时——新行——已改过了。这次也是旧题重谈。

至于抹一次对，或抹两次对，那你从以上“睹阿以”的意义和圣行的仪式中可以明白了。

五、留胡子

伊本·欧默尔传的圣训："你们剪髭，留须！”一般法学家把留须规定成为圣行。须，即是两鬓及颌下的胡子。髭应剪短如眉毛一样。胡子以一把长短为圣行，不要过长或过短。

留胡子虽是圣行，但不要过于强调它。有的人不许十来岁的孩子刮脸，而看不留胡子的人为大逆不道，甚至于不跟他礼拜。外国的穆斯林是这样：

普通人留胡子的很少。宗教学者们大部分是用推子推去胡子，而不用刀子剃它。但是也有留着的。我们要知道，留胡子是圣行，为的是装饰，要把它当圣行来遵守，但也不要歧视那些不留胡子的人。

至于剃头，伊本·欧默尔也传有圣训："禁止女子剃头，禁止'盖则阿'。""盖则阿"的原意是花的云。圣训所说的，是指小孩子的头上前剃一块，后剃一块，左剃一块，右剃一块，像花的云一样。

根据以上的这段圣训，有些阿訇就禁止留分头。按圣行是全剃去，或留全头。不过圣训所禁止的，是不是可以包括分头在内，这是个问题。

那时候禁止小孩子那样剃头，恐其那样剃法有迷信存在其中。例如中国有些汉民的小孩子，头后部留一撮儿发，印度教有一派在头顶上留数十根发。印度人的这种留法不知道有什么用意，而中国小孩子的留头发，寓意是可以扭住他，不至于死掉。有了这种迷信存在，当然要禁止。留分头，不但没有迷信，而且有意义，可以保护脑子。如果为清洁便利，不留也好，但是不要为此绕唇舌而分派别。

六、礼　拜

礼拜是主命，这是新、老两派一致的主张。不过所不同的是新派特别注重，无论是在工作岗位上，或是在旅途中，都要礼拜。至于在火车、轮船、飞机上，到时候就要礼拜。往往在旅行中带上一块小石头，以便无水时，或不能小净时用以土净。其家庭中男女老幼届时都要礼拜。新派的礼拜寺中守五时的人特别多，这是很好的现象。

新派是反对那些没有根据的副功拜的。有根据的副功拜，即是斋月里的"台拉威哈"拜，日食、月食和求雨拜。除此以外的定期副功拜，都无根据。例如盖代尔夜拜、伯拉台夜拜、登霄夜拜、殡埋亡者夜拜、开斋节夜拜、开斋节日拜、阿书拉日拜、斋月最后主麻日拜等，都是没有根据的。

"有些拜功是异端而受禁止的，礼了它还有罪。例如在受禁的时候（日出，正午，日落）礼拜，穿着偷抢来的衣服礼拜，在强占人家的地方礼拜，聚众礼副功拜——台拉威哈除外——这样的礼拜如像一般人在伯拉台夜间与盖代尔夜间那样做法……”（载在《麦扎里斯》第二十一讲座）。

七、妇女戴盖头

妇女除脸、手、脚外，身体其余部位都是羞体，不能外露的，当然头发也在内。因此新派特别注重女子戴盖头。即是用一块布做成像风帽一样的帽子，或用一块布盖在头上。古兰云：“令她们用盖头盖住衣领，不要显露装饰！”（二四：三一）。

八、圣　忌（纪）

圣忌，即是纪念穆圣的意思，有地方称为圣会。穆圣生在回历三月十二日，死在三月十二日。因此每年三月各地穆斯林们都在做纪念穆圣大会。但是我国差不多都是给圣人做周年，所以才叫圣忌，这一点是错误的。给先人做周年，是开经求主饶恕他的意思。圣人不用我们给他开经搭救他。那么我们的纪念就不是纪念穆圣的死，而是纪念他的生。因为穆圣的诞生，给全世界带来了光明，人类由迷途得到了正道，所以我们应该纪念他的诞生。中外同是在一个时期纪念穆圣，而意义不大相同。

新派是根本反对做圣忌的。因为以上的原因，同时也是因为没有教法经的规定。又加以聚众大吃，浪费金钱，有此几个原因，所以他们根本反对做圣忌。

我们不要因噎废食，不要以为没有教法经的根据就是异端。我们应该改良做法。使它有意义，利用这个机会使群众认识穆圣的伟大，认识伊斯兰的真理，不要只为吃一顿而已。应多讲穆圣的美德和教训，尤其是与社会有关系的圣行。至于那些与社会没有关系而普通认为那是穆圣的感应，其实是没有根据的，则可以不必讲，例如指月两开、指缝流水等。

我们知道穆圣以前的人，理智不开，唯有以物质的感应才能说服他们。例如穆沙圣人的棍等。但是到我们圣人时代，真主命令圣人以理智来说服人们。因为以理服人，才是口服心服的，以势力或法术或以金钱来服人,那是假服。因此古兰是鼓励使用理智的。在古兰里提到理智二字，共有四十九处之多。我们要知道穆圣的感应、《古兰经》的伟大、《古兰经》的力量。因为穆圣是个文盲，而能说出一部能以解决社会问题，能以导人于正道的经典来，这才是真正的感应。

当麦加的统治者们看到伊斯兰一天一天地开展了，将来会影响他们的地位。于是就想法子用武力来迫害穆圣，但是穆圣以和平来对付他们。后来他们又使一些文人如艾布·苏富扬、阿木尔等来和穆圣辩论，而被他们穆斯林的文学家批驳了。最后他们使出一些下愚的人，来要求穆圣显示物质的感应，如同穆沙圣人的棍，尔沙圣人的医治胎带瞎子。他们的要求都是和他们本身有利害关系的，例如要求把帅法和麦尔沃两山变成金的；天上降下经典来，说明穆圣的情形；把麦加周围的山移去，以方便其交通；再给他们涌出一个泉水来，比则木的泉水味甘而美；使遍地能成为枣园和葡萄园，而其间有清水的河流等。他们的这些要求，你看安拉怎样使穆圣来答复他们："你对他们说：'我无权掌握利益，唯安拉所欲。假使我能知未来的事，我一定可以垄断许多利益,而不至于遭受苦难;我不过是对于有信仰的人的一个警戒者，报喜者。'"（《古兰经》，七：一八八）"他们说：'我们永不信仰你，除非你从大地上给我们涌出泉水来；或者你有枣园与葡萄园，河水畅流其间；或者使天给我们掉下一块；或者你拿出安拉和许多天仙来；或者你有黄金的房子；或者你能升到天上，我们永不信你能升天，除非你给我们降一部经典来，我们能读它'，你答复他们说：'赞我的养主清高！我只是被派来的一个人而已。'"（《古兰经》一七：九〇、九一、九二、九三）。

九、古兰读法

《古兰经》是以阿拉伯语下降的，它的读法有一定规则，应当按照它的规则去读。新派特别注重读法，认为读法是主命，不跟随不懂得读法的人礼拜。读法是应该注重，不过也不必太强调。因为伊玛目安札里是反对偏重读法而不讲究意义的，他认为读法是皮毛。礼拜的举意和拜内的赞词，有人是念译文的。关于拜内念经，是否可以念译文，在我国尚成问题,至今尚无念译文的。按照艾布·哈尼法的主张,念译文礼拜和宰牲，无论是你会念阿拉伯文与否，都可以。他的两位弟子认为，念译文宰牲，可以。如果不会念阿拉伯文，念译文礼拜亦可，否则不可。

十、鸦片与吗啡

鸦片为害我国甚深，但是回民受吸食受害的比较少，其原因是《沙米》经禁止人吸食它，这是受《沙米》的益处。而回民贩卖鸦片尤其是白面儿的人比较多，是因为《沙米》上说“鸦片不可吸食，但可以贩卖”。至于白面儿《沙米》没有提及，于是就有人认为白面儿是鸦片做的，也可以买卖。这是回民不懂教义受到的害处。殊不知鸦片之所以不可吸食，在古兰、圣训中并没有提及它，而《沙米》禁止吸食是根据经、训中的原则——凡有伤害人的物品都不可食用，亦不可贩卖。古兰禁酒最厉害，因为酒有害于人，但是酒的危害远次于鸦片与吗啡。至于《沙米》所说贩卖鸦片使得，恐其在那时才发现了鸦片，它的害处还没有遍及各国，各国尚未禁食、禁运、禁卖。因此之故《沙米》才说贩卖可以。如果《沙米》的作者看到那些吸白面儿的为非作歹，卖妻子儿女，再不道德的事他也敢干，比饮酒的害处更大时，我想作者一定不会断卖鸦片吗啡使得。

我国有不少的开明阿訇也会使用剖取的方法。例如早年陕西回民种植鸦片很多，而富平马阿訇大力地禁止，不但贩卖、种植使不得，就是种过鸦片的田地，在三年以内所收获的粮食也是哈拉目。这个断法惹了一般阿訇的反对。他这样的判断虽说没根据，不过在当时那样环境之下，他认为不如此就禁止不了种植。这位阿訇能活用教法，而不墨守成规。后辈学者们应当效法他的因时制宜、因地制宜的精神。

十一、“衮白”问题

衮白，就是一位伟人或学者死后，在他的坟上建筑的圆顶房子。有些人信仰这些已死的人是成了“筛黑”，有了品级，有了灵感，而常到他的坟上去求他向真主代为祈祷。有的下愚直接求他赐福，甚至于有许多妇女向他求子，都是不对的。

十二、看月问题

中国的穆斯林，开斋封斋，许多年来就不一致，其原因有三：(一) 由于有几位教法学家把圣训解释成了一年十二个月都凭看月，不见月全满三十日；(二) 由于不知道回历业经通行各回教国家，并且在中国明朝用过回历二百六十余年；(三) 因为不知道回历怎么用，干脆依靠中历，乃有老初二、老初三。“初二、初三”虽然在教法上无根据，都是日期很相近。尤其是老初三派的领袖化平人马善清大阿訇——求主升高他的品级——在他调整看月之后，就很少错误，他改老初三为不放初三，他看月必须在初一。因为合朔在初一。初一有的时候可能看见月，初二是确实的月，故此他不放初三。这一派在小实方面有理由。初一用目力可能看见新月的月份，一年内有两三个。

后来马复初教长感觉到老初三有违背“见月封斋见月开斋”的圣训，才编译回教历法，译名为《天方历源》，天方历法图。但是马氏的历法系译自《孩牙吐洛哈哇尼》所载的月首推算图。该历系八年闰三日的历法，与现在各回教国家通行的三十年闰十一日的历法有所不同。马氏之历每一百二十年即落后一日。有一年开封地方开斋开了四天，初三、初四、初五、初六。“初六”是善义堂云南马宝阿訇所主张的。依照马氏译本八年闫三日的历法，有时候就晚一二日，有时候就正合适。晚一二日，事实上并不是晚一二日，而是晚八九日；正合适也不是正合适，那是晚了一周，而一般人未感觉到。这好像十五岁属牛的，二十七岁也是属牛的，两人都是属牛的，但是年纪不一样。

再以本年回历一三七〇年九月（斋月）的月首来看，就可以看明白错七天的事实。回历一三六九年是八年闰三日的一百七十一转零一年，再加上本年的八个月（由目哈兰到舍而巴月），总共是四十八万五千三百七十五天。以六十日甲子周除之，得八千零八十九个甲子周零三十五天。由元年月首己酉二字往下数（己酉日是都闪白），数到三五个干支是癸未，这就是（舍而巴）八月的末一日。再以七曜周除之，应得六万九千个七曜周零二日。由元年月首（都闪白）月曜下数至火曜，即是八月末一日。按照这个日数的干支，一三七〇年九月首日的干支，应该是甲申。但是甲申是辛卯年五月初九日了。以七曜论，九月首日应该是水曜（撒哈尔闪白）这个水曜是五月初九的水曜，不是初二的那个水曜了。

以上是用六十甲子周和七曜周两种计算法的对比，才可能知道八年闰三日的错处。如果单用七曜周去计算，一三七〇年斋月月首是撒哈尔闪白，与三十年闰十一日一样，也是撒哈尔闪白；但是用六十甲子周一算，就知道两个虽都是撒哈尔闪白，而三十年闰十一日的是初二日的撒哈尔闪白，八年闰三日的是初九日的撒哈尔闪白。如同十五岁属牛的与二十七岁属牛的，年纪并不一样。

八年闰三日与三十年闰十一日，是每隔一百二十年要相差一日，那么应该从元年到现在差十一日，为什么才相差七日呢？答：这个历法元年月首的干支是己酉，因为按照八年八年往上溯，到了唐朝武德五年五月二十八日是（都闪白）月曜干支是己酉。三十闰十一的历法纪元是六月初三日癸丑（主麻）金曜，比较起来是早了四天，到了四八〇年，把这四天就落后完了，到了一二〇〇年的时候，已经落后六天了。反觉得比三十年闰十一日的历还早一天呢。拿事实来说，一二六七年九月首是咸丰元年六月初二日月曜，五月小建。八年闰三日是日曜六月初八日。一二七五年九月首是咸丰九年三月初二日月曜，二月小建。八年闰三日是日曜三月初八日，要是不承认落后，提前就得到初一，看月就是五月二十九，二月二十九。还有一二四六年是道光十年腊月三十日，是九月月首，应该在腊月二十九寻新月，不见月三十日起斋这都是八年闰三日的事实。等到了一三二〇年落后七天的时候，月首的曜日，每年每月都是正合适。

在穆圣时代，因为历法尚未达到精密，穆圣为简便一致起见，才说："见月封斋见月开斋"，并没说其余的月。后来历法日益精密，尤其阿拉伯的历法，甲于世界，始有回历之编纂。因为有这段圣训，才在斋月与朝觐月看月。看月就不免有的地方看见，有的地方没看见。就是看见与没看见，也不过相差一天。因为历法已经规定明白了，舍而巴是二十九日。圣训又叫在舍而巴的二十九日看月，如果不见月，则延迟一日。相差三四日的原因，是在别的月份也不依照历法规定，也要看月，不见月就全满三十天。可是《布哈里圣训集》里有这么一段，伊本·欧默尔说："我听主的钦差说，在见新月时入斋，见新月时开斋，若有蒙蔽时，你们定夺它。"这句圣训指示，一切深奥知识、一切学问、一切进步方法，均能由此而精益求精。可是这句圣训被注解者注成了也要圆满三十天。一句最有理智的指点，被编纂者注成了死板板的话。教法经内这种死板板的毛病很多。"食古不化"即是这样的学者。

在回教国家，入斋开斋是由政府来主持，所以容易统一。埃及看月是这样，在舍尔巴的二十九日，宗教首长和政府人员，到指定地点去看月，并与天文台主管人员一同去看。他们不是单独靠目力来看月，而是由天文台用天文镜将新月之有无及应看的位置寻觅准备之后，再由各位首长依次用天文镜看月之有无，并在看月纪录内签名盖章，奏明国王。入斋或开斋，由国王颁发命令。这就是遵照圣训寻新月。

新派对于月，既不是老初三，也不是跟随回历，而是着重提前与着重报月和领月。往往在初一日看月，甚至于在三十日看月，只要他们认为是舍而巴的二十九日，不管阴历是初一或三十。因此他们又是最注重报月和领月的。他们常常跟埃及的日历相合。

由报月与领月又生出了两个问题：(一)用电报报月，按照《欧木代》经上说："电报报月，是不可靠的"，因此阿訇们又不承认电报报月。大概在那位作者编纂《欧木代》时，电报才发明，而他还不知道电报的功用，如同才发明电话时，有些人认为是依不利斯说话的；(二)教派问题，哈乃斐、马立克、罕百里均是领月，而不论其显照的不同。沙斐尔派是不领月。如路程期限相合，方准领月。它是论显照的不同。这两大派别各有各的理由。可是我们是哈乃斐派，就应该领月，不论路程的远近，与显照的不同。详细理由见《沙米》经斋戒章(埃及官版，回历一三二三年出版，第二册九九页)。

五日　聚礼初　晴

上午船到黄埔江岸。

船刚靠岸我就下船去找住的地方。看见街道房屋在大战后，都是破烂不堪。先到了老西门寺，问问阿訇是哪一位。从楼上下来位白了胡子的阿訇，一看原来是老同学马乐远阿訇。但是经过了八年抗日的艰苦生活，已老得多了。询问之后知道秉铎也在此地。马松亭阿訇和周仲仁同学已先我们来到此地迎接我们了。不一会儿到买俊三老兄家里去吃饭，与松亭阿訇，仲仁同学都见面了。

但是我已有三年没有得到家信了，不知家中的情况。由秉铎这里才知道我的唯一的弟弟士贤因为保护家乡而归真了。我听到这个消息后，就无法遏止我的悲痛。再问家中父、母、儿、女的情况，他们就不说了。也是因为豫北情形特殊，无法通信之故。

后蒙金少云老乡同意，而且欢迎我们住在西寺。于是我和松亭阿訇、常蔚然乡老等到船上接同学们下船。一切手续多蒙蔚然和他的侄子寿印的帮忙。后来到了隆昌皮行见了艾敬之同乡，才知道父母尚在，唯二小子和光已先其叔父牺牲了。

由上海到洛阳看父母，因豫北情形特殊，而接父母到洛阳见面后，又送老人家回家。在上海、南京、洛阳整整耽误了四个月才到北京。到北京那一天是大雪刚停的大年正月初一日。从离开北京到回北京，差四个月整十年。

上海市有多少回民，无详细的调查，大约有三四万人。过去有上海伊斯兰师范学校，抗战后，已迁往平凉。现在有教化小学和中学。这个学校有很久的历史。也有些清真寺内附设有小学校，但是不多。

上海清真寺一览表（十二座）

寺　名	地　址	现任阿訇
清真西寺	老西门小桃园	马乐远
清真北寺	老北门福佑路	兰凤云
外国寺	浙江路	刘兆才
日辉巷清真寺	徐家汇	金耀祖
小沙渡清真寺	小沙渡药水井	丁阿訇
鸿寿坊清真寺	长寿路	定镇邦
斜桥清真寺	斜　桥	马阿訇
重庆路清真寺	马安里	李尚春
弋登路清真寺		范阿訇
涛澎路清真寺	虹　口	
浦东清真寺洪		洪长金
小南门清真寺		

附录：一九三九年留埃学生朝觐团日记

天房——克尔白

为世人创设的第一座房子，确是在班克地方的那吉祥的房子。其中有许多明证，如伊卜拉欣的站立处，凡进入其中的人，都得到安宁。(《古兰经》三：九六—九七)

《光塔经注》说："我们所朝向的天房，是为人类礼拜所创设的第一座房子，而为伊卜拉欣和他的儿子伊斯马尔来所建造。在几个世纪之后苏来曼圣人才建造了巴勒斯坦的极寺。"有些经注家说："克尔白是世界的第一座建筑物，是在阿丹之前天仙所建筑的，在那之后四十年建筑极寺。"并引证有圣训。那圣训是否正确我们就不得而知了，因为古兰并不证明它。人所共知，极寺是在西历纪元前八百年苏来曼所建造的。《堪沙夫经注》说："阿里说有人问他，克尔白是世界上第一座房子吗？他说不，它是为人类有吉庆、领导、慈悯所创设的第一座房子。"关于这个问题传说很多。据《穆圣史》上说：

"麦加地方因为有泉水，所以为南北旅客们常在那里暂住。后来伊卜拉欣带着他的第二个太太哈吉尔和儿子伊斯马尔来到那里以后，那里才有了人家。伊卜拉欣是距今约四千年的时候，出生在伊拉克的，因为他反对他的族人崇拜偶像，他被扔进火里，真主救了他以后他就逃到巴勒斯坦，后又到埃及。最后他把他的大太太留在巴勒斯坦，带着二太太和儿子一同到了麦加。"

全世界穆斯林的朝向——克尔白

则木则木泉水

在伊卜拉欣同他的妻、子在麦加住了一个时期之后，他单独回到巴勒斯坦去瞧看他的大太太，留下哈吉尔和儿子住在麦加。有一天她们的水和粮都完了，她急忙去找水找粮。据说她在索法与默尔渥两山之间奔走找水而无所得，于是她回来安慰儿子，并用脚捣地寻水，忽而从地中涌出水来了。她母子二人痛饮之后，并囤积了水，不让它流到沙漠中去。从那以后人们都聚居在这泉水的周围。伊斯马尔来成人以后，就和朱尔胡米族人结了婚，而麦加的统治权就一直是在该族人手中。到了穆塔尊时代，商业繁茂、人民的生活就奢侈起来。忽而则木则木泉干了，穆氏认为这是警戒他的民族，于是把天房中的两只金鹿放在该井中，用沙土把它填起来，希望将来他有重开此井、复兴斯地之一日。而他带着伊斯马尔来的后裔从麦加出走。在那以后胡札阿族统治这个地方，直到古算耶——穆圣第五世祖父的时候。

很快的几个世纪过去了，本地人时常在念叨则木则木泉水，并想找寻它。直到圣祖阿卜杜·门托里卜时，这个热潮更为厉害。有一次他梦见有人督促他去掘挖，是在伊斯马尔来圣人的脚下。在那之后他到处去掘挖，而在伊纳夫和纳以来两偶像之间挖出水来，并且得到两个金鹿和穆塔尊的宝剑来。则木则木泉水从那时候起，直到现在还不断地涌流着。

在那沙漠之中有了这样泉水，是非常了不起的。我们在朝觐时饮用它，为的是圣人饮过它而沾吉，则可。要是信仰它能治病或饮了它可以得到什么样的好处，则不可。更不可带它到远地去叫别人饮，因为天数多了而要生菌，于人有害。

黑石头

黑石头镶嵌在“克尔白”的东南角上，离地面约有四尺来高。这是当初伊卜拉欣圣人建筑克尔白时取自其附近艾比·古伯斯山上的一块石头，镶嵌这块石头的用意是为做纪念,并作为游转人的标志。因为每人游七遍，以此作为起点和终点。因为穆圣曾经吻过这块石头，所以把每次转到此处时吻一吻它,作为副功圣行。圣人吻它的用意是出于喜爱古迹与纪念物！并没有别的意思。如果信仰这块石头能济人或伤人，那完全是迷信。

吻它既不是主命也不是当然，不过是副功圣行而已。在《古兰经》中根本没有提说它。至于说“真主在努哈圣人时代洪水涛天时，把这块石头存放在艾比·古伯斯山中，而对山说：如果你看见我的友人建筑我的房子时，你拿出这块石头来！后来伊卜拉欣到了这个地方，这山就告诉他说了,于是他把这块石头掘出来,镶嵌在克尔白上”,这话完全是无稽之谈。是导致人迷信。（载在《安拉的宗教》一九七页）

每天成千成万的人去吻它，而把吻它当成很重要的一样功课。就因为争去吻它，而常出事端，所以政府派了两三位警察在那里维持秩序。我也照例去做这种仪式时，来了一位上下不穿衣，而腰间围了一块布的黑人，强按着我的头，过去吻它。于是我们二人几乎要打起来，而被警察拉开了。

当大苏哈伯——欧默尔吻了黑石后说：“我确知你是一块石头，对人没有益，也没有害。如果不是穆圣吻过你，我一定不会吻你的！”

朝觐团的产生

民国二十八年二月十八日，接到唐柯三、孙燕翼、达浦生、马松亭四位先生的电报，要我们留埃全体学生组织朝觐团，赴麦加朝觐，以便为国家做广大的宣传，同时监视华北伪政府派的代表——唐易尘、刘仲全、张英、苏瑞祥、马良璞。政府也有电致开罗领事馆，令其协助办理一切。时间是多么仓促啊！距离朝觐最后的船只仅有五天工夫。这五天之内，除聚礼日、星期日外仅剩三日。以这样短促的时间，怎能办理那种种烦琐的手续呢？我们处在这种环境之下，只有以非常的手段处置一切了。当天晚上即行召集大会，讨论一切，并把各项工作分配开来，推选专员负责办理。紧张的情形，好似大战爆发的前夕，应付之忙，无法形容了。

感谢真主，给我们处处顺利，如打针、种痘、办护照、购票，完全以通融优遇的办法对待我们。否则不但时间来不及，经济还成问题。

一切都办妥了，船票减半亦有可能，唯吉达关税减收尚难解决。如关税不减，船票亦无减的希望了。这些连带关系真是难为我们了。到汉志领事馆交涉，领事退缩，不敢负责。后来我们决意晋谒住在开罗的汉志外交部长法索菜。二十二日晨八时，同学念余人备函一封，去谒部长。部长住在盖苏尔尼里一家特等旅馆里，巍峨的建筑，遥对着辉煌的英帝兵营。我们到了旅馆，投刺递书之后，部长约明晨接见，我们很为失望。但我们却不愿向后转，时辰也不允许我们后退了。停了十多分钟，正在焦灼无计可施之际，忽而部长请见，个个暗中欣喜。刹那之间，我们脸上的表情骤然转愁为喜。大家进去一一与部长握手致礼毕，退出，留子实与士谦二人代表全体与部长谈来意，略云：中国回教人对于汉志皇室非常关怀，表示钦意，对于部长尤其仰慕，因阁下是回教世界的中心人物。中国回教人每年赴麦加朝觐的；多蒙贵国优待，我们很是感激。部长道：毋庸客气，这是我们应尽的义务。子实继云：现在我们中国学生二十八人，要去朝觐，请阁下帮忙，各方面予以特别优待。部长慨然应诺，遂吩咐秘书办理。这种慷慨干脆、毫不迟疑的态度，十足表现出阿拉伯民族那种豪侠好义的精神。

下午四时，邱领事备茶点，为我们饯行，赠我们“和衷共济”四言，并团体摄影纪念。

1939年，庞士谦及其他留埃中国学生组成“中国回教朝觐团”，图为全体团员合影

前排：	高福尔	熊振宗	丁在钦	李鸿青
	马级卿	庞士谦	马　坚	张子仁
	马宏毅	胡思钧	金茂荃	
中排：	定仲明	纳　训	马继高	张怀德
	林仲明	马俊武	杜寿芝	范好古
后排：	林兴华	马维芝	林兴智	杨有漪
	刘麟瑞	纳　忠	张文达	海维谅
	王世清			

在途中

二月二十三日　晴

船今天下午五时开，我们的票还没有买，推海维谅、张子仁、马继高、熊振宗等四人留开罗购票；其余的人乘早七时半的车赴苏伊士。天露出微明，我们便起床收拾行装，不一会儿，子实带三部汽车来，嚷着只有七分钟工夫了。大家加快速度，届时动员了。旧同学另乘三部汽车，由学生部直赴车站。

一行二十四人占据了半个车厢。行李搬上车安排好之后，复下车与欢送人粟宗嵩先生、侨胞代表王先生、于先生等四人暨埃及朋友数人合影。这列车上的乘客，差不多都是朝觐的，所以车站上充满了送行的人；而这些人又多被我们牵制住他们的视线。尤其是我们的两杆旗子，更引得他们注目——国旗和团旗。团旗绿底白字，适合埃及教友们的心理和口味，上书着“中国回教朝觐团”，中阿两种文字合璧。他们看了笑嘻嘻的，说几声“妈夏安拉”表示同情，表示愉快，表示着无穷的希望。我们的国旗，他们也不多见过，所以对之惊奇而又赞叹不已。国旗在车窗上飘扬。火车在人们的欢腾中轻轻地开动了。

沿途是浩瀚无垠的沙漠，大家的话锋，便转移到沙漠上去。俊武说：在沙漠地带，最怕的是刮大风，往往卷起来的沙子像山一般，旅行的驼队，躲避不及就被掩埋了。大家有的看《金字塔报》，有的谈天，说说笑笑，颇不沉寂。

十时半抵苏伊士，休息于码头外面的海岸上。气候是那样地温暖，像祖国的桃花三月；天气明朗清新，又恰似九月秋。苏伊士和开罗仅有三个钟头火车的距离，而气候判若两带。我们所穿的衣服在开罗感觉萧瑟，在这里却有点穿不住了，美丽的苏伊士，秋水绿波，回味着“落霞与孤鹜齐飞，秋水共长天一色”的佳句，使你不觉有跃跃欲登仙之感。

子实去交涉，据云已接到公司电话，然二等舱已客满了，让我们忍耐一会儿，在三等舱中好好地给我们布置一块地方。但无票不许登轮，大家只好静候着海马四君的到来。时间一刻一刻的挨过，一直等到太阳斜，连他们的影子也没有，大家着实等得发急。每来一辆汽车，就疑心是他们来的，所以远远地看见一辆汽车，就有人喊：“来了！来了！”起初是在闹着玩，后来真实是在盼望。那种期待、那种焦急的程度，真是达于极点了。同时早晨出发的时候仓促，多半没有来得及吃点心，而这里除卖鸡蛋、橘子而外点心也没有，大家闹着饥饿。希望他们速临，是我们唯一的目的，但是偏偏不来。于是大家就起疑了，加以不可恃的臆测：“票没有买妥吗？什么时候了？汽车途中坏了吗？怎么不给我们个电话呢？”你一言，我一语。

“不是吗？他们来了！”汽车已经掠过我们，一位高声在那里喊，大家才去注意，因为时间久了，大家有些疲倦，不去注意他们了。人下处，果然是他们降临了，问起迟的缘故，果然是车半途上捣乱了。

“则木则木泉”号为埃及银行附属的埃及航海公司的船，常来往于近东回教各国的码头。此次乘这船的，有爱资哈尔大学学生朝觐团。爱大当局为鼓励人们朝觐，所以组织学生朝觐团，以示提倡。不过名额有限，只三十名。凡拟参加的人，得预先报名，额满为止。所有一切手续，统由公家办理，学校并给学生每人津贴十英镑，其余的数目由自己拿出。今年还有埃及大学朝觐团。还有皇储穆罕默德·阿里亲王，欢送的人异常拥挤，码头上岗警林立。我们莅临码头，整齐严肃，万众一的，注视我们。摄影毕，登船。两杆旗子出足了风头，给人们的印象很深刻。

在靠近楼梯的地段，我们占据了中间一块地方。周围合计起来，共有二十余男女埃及乘客，还有两位印度朋友，是爱大的学生。我们向工头租床，每张要一元五角，但搜寻了半天只拖来了四张，其中一张还东倒西歪，支不起架子。后来我们推定星吾、林子敏两君去找船长接洽，船长向苏伊士旅馆给我们租来钢丝床二十八张，垫褥、枕头、白垫单、毛毯应有尽有。子嘉说：这样床褥，是埃及人结婚时用，平时难以享受到的。那么，我们也算幸运了。今天晚上，权当是我们的新婚之夜！坐三等舱的人受到这样待遇，感谢真主，真是值得骄傲。二等舱中的朋友来看我们个个说比他们还舒适，唉！原因是这样的；一、我们是一批青年学生，衣帽整洁，谁也不会认为我们是三等舱之客。二、他们也知道我们要购二等票，票售罄了，只好委屈于三等舱之中。其实我们原来的主意，拟坐三等，国难期间处处节缩，为国惜财。后来想为国家撑面子，怕为别人瞧不起，所以决定坐二等，另在旁处撙节。现在环境逼得我们三等中去，实在是如愿以偿，而在表面上还落得漂亮。而他们很为抱歉，殷勤招待，以示与普通客人做区别。其实我们是一群穷学生，外强中干，还要在这势利眼的人间争面子。

船长每经过我们，必先向我们打招呼。埃及职员对于我们尤其亲热，慰问备至。船未开前，发电一通，致爱大校长筛海麦拉额氏，报告我们出发。致邱领事航信一件。

船开了，这时已七点钟左右，星吾气昂昂地走下来说："什么军官？狗屁不通！""怎么啦？"大家发问。"上面有一位埃及退伍军官，和我论起中日战事，他说中国的力量不行了。我向他极力解释，辩驳，他总是执拗，旁边的人都给我打不平。我说他不配谈这些问题，他便和我吵起来。"这时同舱中的乘客惊异得很，趁大家注意之际，我们又向他们宣传了一些日本帝国主义的暴行、惨杀中国回教人的情形以及日本欺骗世界回教徒的毒计。大家听了，不明白的继续发问，我们一一给他们答复满意，大家捧手祷告，默祝中国抗战胜利。

子敏到头二等舱中去，散发传单，并作口头宣传。闻者为之感动，群起念《古兰经》首章做祈祷，其情形几能动人泪下。这种至高无上同情心的表露，唯回教兄弟间可以得之。

二十四日　晴

子实忙着编辑"朝觐典礼概要"，由石奇写，思明和敏之油印。写得行列整齐，印得也颇清楚，成绩很好。每人一篇，熟读所有的祈祷词和朝觐的常识。

子仁、子嘉、赓虞、子敏、鉴恒等去拜访爱大学生朝觐团，以资联络，互助。晚间，该团团长及三位筛海来回拜，叙谈之余为中国回教及中国抗战做祈祷，诚挚之情，不可言喻。

开罗所买的拖鞋，多不合脚，大家又纷纷向船上贩卖铺内大购拖鞋。无线电每天数次播音，讲朝觐仪式和意义。早晚播放《古兰经》，其他的时间也播些唱片，大致都是与朝觐有关的。礼拜时间，宣礼响彻云霄，又非常地雄壮而严肃，袅袅余音，大有绕梁三日之势。如果你晓得宣礼词的意义，再默想着真主的尊大和崇高，你会不由得精神向往，而忘记一切了。同时，当你看到无数的人应声而起来礼拜的时候，使你又怎样感想到回教的伟大而赞叹不已呢？

二十五日　晴

天气较前两日热得多，坐于舱内汗流浃背，意料汉志更热得不可支了。同学们带来衣服多的，都不免后悔。舱内热时，大家都去甲板上乘凉，或者伏在头二等的船沿上远眺。

今天的工作，是写通讯寄国内各报，并致函中国回教救国协会，报告我们的行程及工作之一般情形。

由埃及方面来朝觐的，以拉比额为戒关，下午四时即可抵达，所以大家忙着沐浴，剃毛发，剪指甲，更戒服，做受戒的准备，因为受戒是朝觐的三件主命之一。大家穿起戒服后，全是一律，这时分不出富贵，也辨不清贫贱，就是皇储穆罕默德·阿里，也和平民一般。回教实是伟大的，它把各种不同的阶级，造成平等之势，并能使大家的语默行动一致。入戒关时，齐声诵着应词："来哉！安拉！来哉！来哉！讯无偶兮，来哉！唯尔爱赞，唯尔施恩，唯尔统治，尔无偶兮。"船上的人，彼此见面，报以应词，其声朗朗，高震霄汉。与爱大筛海们合影，埃及大学教授数人亦同我们合影。

在汉志

二十六日　晴

晨八时抵吉达。码头水浅，船泊于海心，乘小帆船赴码头。波浪汹涌，一叶扁舟，摇荡不已，另是一种趣味。过海关手续以及交涉汽车，统由爱大学生团土耳其人哈三代劳。他很热心，处处以热诚协助我们。

级卿的一只皮箱不见了，不知怎么丢失的。及时报告海关的职员，他允诺给我们寻找，下午四时果然完璧归赵了。

三点多钟，埃及领事馆要我们去打针。这两针本来应在开罗打的，因为时间的关系，来不及打，所以由内政部电埃及驻吉达领事馆，在这里打。这两针较前次更为剧烈，两臂酸痛不好受。据医生说，明天更要厉害。

每辆汽车乘十八个人，是政府规定好的，短一个人车子都不开。我们二十八个人，乘两部车子有余，因为补充，足足等了两个小时。傍晚七时半离开吉达。车颠簸得很厉害，忽高忽低，提心吊胆，尤其是坐在车尾的人，忽而几个人倒在一块，忽而把你腾空，撞头撞脑，东摇西摆。

由吉达到麦加，沿途是山。黑漆漆的夜，什么也看不清楚，大概是很荒凉的。经过两个站，车都停歇，有卖茶水小吃的。抵麦加，车子直驶中国朝觐向导家里。我们不愿住此，想住于伊本·苏特的学校里。因夜静更深，给政府打电话交涉，办公人员已在梦乡。无奈，只好暂住，明天再想办法。行李安放妥当，做小净，饮则木则木泉水，去游天房。向导领队，带着我们沿途高诵应词和赞词，入和平门，入禁寺，做和平祈祷。游天房七巡，每至玄石前必要接吻，嘴吻不到，以手抚摩之后，吻手。如果连手也摸不到，只好以两手向之，并诵“太克比尔”（真主至大）。当日穆圣曾吻过它，所以大家仿效圣人，也吻摩它。

吻石的人非常拥挤，有力气的横冲直撞，才能扑到跟前。那些印度人力气很大，所以拼命地撞人，去同那块石头接吻。有的把头伸进去，纵使那些侍兵抓他们的发，敲他们的头，也不肯出来，好像吻石头的代价比挨打重得多。他们把这块玄石看得极尊贵。

游天房毕，对着天房做各种祷告。在这里做虔诚的祷告，真主定为应答。我们除应做的祈祷外，并祈祷真主默助中国抗战胜利，以彰公理，然后备礼两拜。向导领着我们奔走于索法与默尔渥之间，距离至少有一华里，奔走七次，累得精疲力竭，几乎不能支持下去。朝觐功课，事前我们已有准备，但经验胜过了空洞的书本，我们缺乏经验，所以不知所措，一切还是由向导指示，大伊马目朝觐时，还需要向导领导。我们的赞念祈祷，和着他的调子，声调一律，步伐整齐，非常地有趣味。奔走毕，拖着笨重的两支倦腿，回来休息。分朝的人即行开戒。

二十七日　晴

交涉校舍未妥，只得委屈在这土屋子里。这种土洋房，虽不很好，但在麦加也算二等住舍。光线和空气尚凑合，唯蚊蝇太多，搅扰不安，夜来大施进攻，扰人清梦。受戒的人，既不能蒙头，又不能杀害它们，又驱逐不净，随它们侵犯、吮食。我们成了口上之肉。

麦加人的生活很苦，无论衣食住行，都没有得到合理的保障，遍处是乞丐，穷苦得可怜。本来阿拉伯是不毛之地，所有的生活，全赖每年来朝觐者的施济。政府收入的数目亦很可观，但在贵族专政的制度下，民众得不到多少利益。政府对于民生固然没有注意到，对于国家各种建设也差池颇多。然而他们也有相当的觉悟，不过本身的能力太是薄弱。

麦加这块圣地，我们若以俗眼观之，以物质文明来评价它，实在觉得落后，但以宗教的意义来说，它操纵着四万万信徒的心灵，拥有号召人类、引导群生的力量，这里充满了和平的空气，洋溢着慈爱的圣水，这里有真的博爱、平等、和平、自由。

早晨艾沙、马赋良二君来访我们，才知道他们已莅麦加三日了，住埃及大旅社，我们见了他们不胜雀跃。

今天聚礼圣寺内人拥挤异常，礼拜仪式整齐严肃而隆重，可云观止矣。真所谓“观于海者难为水；游于圣人之门者，难为言”。数万肤色不同的人会集一处，相亲相爱，行动一致，这种情况，这种伟大的精神，真是非人力所能为的。回教训练人类趋向一致，趋向大同，打破地域、种族的观念，凡穆民皆兄弟，并使其信仰一致，归向于至高无上的真宰。朝觐者借朝觐做盛大的集会，收纳四海回教不同的分子，于功课之余，彼此互相了解，复研究各地回教的情况，什么地方应该建设，有些什么新的提案，我们现在应当做些什么工作，包括宗教的、政治的、军事的、经济的、文化的以及全世界回教徒合作互助的各项问题；增加我们团结的力量，增加我们工作的效能，加强我们的组织，巩固我们的力量，这才是真主命令我们朝觐的真实意义，我们若不能实现真实的意义，仅奉其仪式，耗费金钱、精神，那是可惜的。教外人士不明了我们朝觐的寓意的，多疑为与佛教徒朝山进香者差不多。所以他们称我们的罕知为香客，我们何尝烧一根香呢，而朝山又岂可与朝觐同日而语呢。

聚礼下来，圣寺外水泄不通。如行人被阻，交通断绝。英勇的武装兵士排列在街心。从人丛中挤过去，看到市政府门前高悬着一只手，手腕断处，血淋淋的。这只手因为偷了一百二十个钱，被执法了。听说割手的案子很不多遇，因为刑法严重，所以盗贼无有。有人夸耀汉志国说，遗失一根针都能找回来，这是实在情形。汉志大有“路不拾遗、夜不闭户”的景象。阿拉伯民族自古强悍，生活又艰难，倘不是法律森严，定会成为强梁世界。麦加社会有这样良好的秩序，真不能不归功于回教了，它使人能以君子固穷的精神安于清苦的生活，努力进取，但不取非义之财。

那位被割手的人，面貌挺清秀，年纪不过三十左右。看的人个个替他可惜。割手的时候上麻药，丝毫不感觉痛苦。唉！回教立法虽严，而用刑也算宽了，仁厚之处，真值得我们赞叹！

礼拜时间到了，各茶馆食店一律休业，不敢再卖东西，否则要受警察的干涉。拜后向导请我们吃饭。

二十八日　晴

下午新疆教胞来访，谈起中国回教问题、内地与新疆回教应该怎样沟通。他们以为解决新疆问题，要着重民众教育，并安抚流亡国外的新疆回教人，这样，任何问题都可迎刃而解了。新疆回教人并不想争权夺利，也没有政治的野心，他们所希望的，不过是信教自由、生活安定而已。这样最低的希望，还不容易实现吗?

因为我们人多，分住在两个地方。晚上伪政府派的代表到了。我们都是熟人，谈谈分别以来北平亲友们的情况以及敌人在华北的情况。他们并说明是为朝觐，没有别的用意，因为他们不懂得语言之故。

二十九日　晴

礼过晨拜，准备赴米那。但汽车来时太阳已大高。米那距麦加三十多华里，汽车须行半小时。朝觐者络绎于途，有的携着行李，有的负着裹囊，或徒步而行，或骑着小毛驴，铃声哗哗地响。骆驼数十只一队，一个系在一个上，慢悠悠地前进。一个驼轿可坐三四人，看着实是有趣。我们的汽车过处，引得行人惊奇，好像他们自有生以来从未见过这样的一批中国罕知。惊奇的眼光流露出欣喜的表情。

雷凤翔，甘肃临夏人，这次取道昆明出来朝觐。报告西北人民对于抗战到底观念很坚强。各地人民虽遭家破人亡，受尽痛苦，亦无怨言，越战越强，越抗越坚。这位青年很热心照料我们，给我们做面片吃，大家吃得很痛快，把他累得也不轻。心里很难过，大家说他累了，他回道：“累个什么? 为国家服务。”由这句话我们可以认识现在西北回民对于国家的观念是如何地深刻了。

三十日　阴雨

早晨开赴阿尔法，这是朝觐三件主命的第二件。汽车驶得很险，和国王的穿着戒衣、全副武装的军队汽车相比赛。昨天他们数百人骑驼随从国王来米那，胡子军长发短须英气勃勃，另是一种风味。

汽车很多，数十辆可以并驾齐驱，沙尘蔽宅，笼罩了远山近岭，骑驼的，骑驴的，坐驼轿和徒步的，走在一面，十多万人，浩浩荡荡向阿尔法开拔，和军队一样有秩序。汽车行在没有经过人工修筑的沙子路上，大沙漠随处是公路，任你自由驾驶。世外的麦加，处处表现着天然，不施人工，但汽车很容易损坏。

阿尔法山被云笼罩，看不清她的真面目。周围所有的山，统名阿尔法。阿尔法山下有座石山，名曰慈山，是自然用青石堆砌起来的，看着特别清明，不像阿尔法那样幽缈。山上有些树木点缀，风景殊佳。来的人都登山盘桓并做祈祷。山之上下尽是人，或行或止，或坐或卧，远远地瞧着，真是一座人山。

一日三次狂风暴雨，雷电交加。最后一次下得特别大，时间又长，搭扎不牢的帐篷都被暴风吹倒了。我们的帐篷也岌岌可危，于是大家一齐动手，各把一方，挽救危局，三个人维持中枢，拼命和暴雨挣扎。经过长时间的抵御，才渡过难关，胜利终归我们的了。雨罢复晴，空气顿觉清新。

中国人所住的帐篷毗连在一处，国旗高悬，迎风飘舞。我们的向导还用国旗扎了一个立方形的灯笼，悬在约四丈高的杆头上。无论到什么地方去，无论在白天或在晚夕，以国旗灯笼为目标，是不会迷误的，可以安然归来。

黄昏时，乘汽车赴姆兹德里法山留宿。帐篷是我们自己动手搭的。这里一时车水马龙，较上海南京路上的车马往来还热闹。这时你还可以看到万人躬腰，蹲在地上捡石子，四十九粒，准备到米那山射击。

晌时拜与晡时拜在阿尔法山合礼，昏拜与宵拜在姆兹德里法山合礼。

两个帐篷不能容纳我们全体的人，所以我和子实在大风里露宿了一夜。

三十一日　晴

晨归米那射石，一处七粒。所谓射石，真正的寓意，是让我们万众一心，打我们的共同敌人。数十万众的力量集合起来，加以严密的训练，是无往不摧的。所谓朝觐，最切合的一点，可以说是受军训。你看由这里跑到那里，由那里跑到这里，翻山越岭，辛苦备尝，一会儿又要射石，这不是军事生活吗？如果我们进一步的改射石为以枪打靶子，又何尝不可呢？

射石之后，便要亲手宰牲。宰牲的意义，就是为真主竭诚供牺牲，把这些牺牲品济贫。同时它告诉我们一种牺牲流血的精神，为国家牺牲，为宗教牺牲，为正义牺牲。我们赴屠宰场时，大喊着杀日本军阀。

宰牲罢，即行开戒。我们一齐宰了三十多只羊，拖了三只肥大的回来，由雷凤翔、苏瑞祥等治庖，煮了一大锅，调着他们五人由北平带来的酱油和麻油，大嚼一饱。水贵似油，每担二角五、五角不等。

黄昏返麦加，游天房，这是朝觐的第三件主命。洗澡更衣，复返米那。

三月一日　晴

晨，国王伊本·苏特阅军，步兵数千人，器械虽不甚精良，但雄赳赳的精神很可敬。检阅毕，士兵跳阿拉伯舞，有相当强悍的表现。

各国人士均往与国王贺节，国王亦有演说。三处射石，石子堆积如丘。

子实的伤风，今天更重了，海维谅去请救护会，用小车把他推到医院诊治，后又推回来。

二日　晴

晨九时，艾沙邀我们去和新疆教胞会谈。所会的人，皆是新疆过去有地位、有财富、有声望的人，现在流落异乡，苦不堪言状。艾先生把他们的欢迎词翻译后，由子实以阿拉伯语和他们直接谈起，略谓："我们听到你们所遭遇的最残酷的虐待，我们是很难过的。"说到这里，不由悲从中生，流下泪珠，哽咽半晌，大家为之酸心，"你们的痛苦就是我们的痛苦，过去我们还不十分了解，现在才知道详细。政府虽很关心你们，但以交通不便，消息隔阻，所得的消息又多与事实不符，故无从措施拯救你们。现在政府已经明白，正在设法办理一切。以后我们把你们的情形随时介绍于国内，使政府明了，给你们一个妥善的解决办法。"士谦又把内地教胞关怀新疆教胞的情形谈了一番，他们深表感慰。子实又云："内地回民和新疆教胞的关系是很密切的，这种关系不单是宗教的，而且还有一部分是血统的，由内地回民的孩子们喊父亲为‘阿达’就是证明。即有这样的关系，那么新疆人的痛苦就是我们的痛苦，新疆人的快乐也就是我们的快乐。以后希望新疆人要学汉文，内地回民也要学回文，以便彼此互相明了，互通通气，可以进一步地合作。”

有位阿訇发了一大篇苦闷的牢骚，我们终于把他说服了。最后他们又要求我们，能不能把他们的事情报告于中央，给他们一个切切实实圆满的答复。

人类是喜欢自由的，不愿受人压制的。新疆同胞数十年来处在水深火热之中。满清时受清廷压迫。民国以来，杨增新、金树人、盛世才等都把新疆当作“殖民地”。直到今日，新疆同胞还过着暗无天日的生活，他们的一切是不自由的，人间地狱，可怜极了。他们所受的痛苦太厉害了，在宽屈的诉苦、悲哀的呼吁里，他们不忘政府，希望政府解除他们的倒悬之难。政府对于今后的新疆问题以及在国外漂泊的新疆同胞，要速速想法解决和救济。

太阳偏了，便去射石，准备回麦加，为什么要连射三天石头呢？就是表示再接再厉的意思。我们的军事训练完毕了。别矣，米那！你是人间的净土，你是很可夸耀的道山。

阿尔法与米那的清洁卫生急需改进。

三日　晴

今天同学病倒者七位，以子嘉、级卿为最重。原因是近来生活不调，而住与食的卫生太差，身体抵抗力稍弱一点的不免要生病。幸而有的在短时间内好了。

四日　晴

早点毕，去觐见国王。事前并没有预先打通。执国旗结队而行，到皇宫一接洽，立时请进。礼官领我们到招待室内休息，一等礼官陪着我们谈话，二等礼官去报告国王。国王在一座洋房的二层楼上。我们鱼贯而入，一一与国王握手。行礼毕，端坐在两边，由子实朗读诵词，并说明中国回教人一致拥护中央抗日。读毕，交于国王，国王一声不作态度是很娴静的。听说国王向来接见客人是不谈话的。国王身材魁梧，气宇轩昂，但精神不很健旺。

我们喝罢咖啡，御前大呼口号，三呼国王万岁，三呼世界回教万岁。佩剑的卫士们,虎视眈眈地瞧着我们,然而我们很是自然,一点拘束也没有。这是回教兄弟的关系呢? 还是二十世纪宝剑失去威严的关系呢?

我们把由北京带来的礼品送给国王。

与国王摄影毕,一一复与国王握手作别。宫门前,全体在国旗下摄影。

晚上同艾沙、马赋良二君赴叙利亚童子军与汉志童子军共同举行的游艺会。各国名人及汉志公卿大臣，均被邀请。

五日　阴雨

昨天晚上,一匹咖啡色的死骡子睡在我们的门旁。过路的人瞥它一眼，都走开了，唯有我们不能看看就算完事。因为发生了利害的冲突，本来计划夜里把它拖到街心，懒了一懒没有实现，心想着不会无人管的。

今天它依然侧卧于墙头下，肚皮膨胀了，行路的人掩鼻而过，我们却不能捏着鼻子永远不呼吸。于是我们自己动手，用绳子系住腿，有的拉起尾巴，六七个人嘻嘻哈哈地把它拖到大街心。这是绝妙的办法，不过刻把钟有人把它拉走了。

下午一时半，政府来电话，说已为我们准备了赴吉达的车辆，两小时之后即要出发，大家忙于整装。并要置买零碎，所以忙得不亦乐乎。

朝觐者离别麦加时须要游天房，我们照例要在百忙中抽暇去游天房，作告别礼。下了一场大雨，街道变成河渠，黄水泛滥，好似决口的黄河水流到这里了。麦加的街道极狭小而不平坦，下了雨，满街泥水，无法行走。

车离麦加,已斜阳西垂。我们个个精神焕发,欢欣鼓舞,车中大唱《义勇军进行曲》,接着又是《苏武牧羊》。野外绿树重重,菜圃毗连,风景颇美。麦加不是完全不毛之地，是缺乏人工，如果努力开垦，引水灌溉，很可以造成半农业国家。山脉纵横，岗峦起伏，地势雄壮，宜乎英武睿智的时代圣人出于此焉。

“我的养主呀！我叫我的子孙们居住在没有庄稼的山谷里。”(《古兰经》一四：三七）这一段是伊卜拉欣圣人叙述当时麦加的情况。不是那个地方永远不长庄稼，近年来，英、美、埃各国农业考察团在那里帮助他们开垦已获成功。

夜九时抵吉达，住于政府设立之旅馆三层楼上，空气光线都很好，蚊子也比麦加少得多。

六日　晴

海维谅到船公司交涉船座。据说，先让埃及人坐，有空座才能轮到我们，这样，第一只船恐无坐的希望。我们的吃饭问题，现在要采取单独行动，因为做饭的家具没有，每人发一元过活两天。

七日　晴

海维谅去交涉护照签字，签字费每人七元多埃币，不能减少。

这里日货充斥，就是回教人用的念珠，许多都是日本制造的，手巾上印着五彩的圣寺图，美丽极了。揣摩着回教人的心理，迎合着环境，制些物品来推销，敌人扩充市场，发展海外贸易，无所不用其极。

汉志的金融，以汉志币，埃及币为主，这里有埃及银行，最近新完成的大厦，非常雄伟。汉志的经济势力，大部分操纵在埃及人手里。埃及对于汉志的建设、汉志的繁荣，具有很大的义务。

八日　晴

我们来时所乘的“则木则木泉”号，今天开了。我们慌慌张张由麦加来，即为赶坐这只船，失望了，只好期待着十四号的船罢。

同学们到海边去做海水浴，一日数次者有之，不但解除了旅途生活的枯燥，并增了身体的健康。

九日　晴

发通讯给埃及各报。准备明天聚餐。

推十五个人办理明天聚餐事宜，五个人采买，五个人做菜，两个人招待，三个人洗涤，以拈阄定之。

十日　晴

今日聚礼。

午前海维谅、张文达等把肉菜买来，马级卿去借了些锅碗盘勺。聚礼下来，由张怀德、刘麟瑞、范好古等把菜洗切烹炒，弄了一大锅，翻不过身来，勺子把儿都被搅弯了，用菜刀搅，逗得大家好笑。买来面包，菜盛在大盘子里，数十盘，摆了一个一字长蛇阵，大家席地而坐，大嚼大咽，吃个饱。此为出发以来，第一次痛吃。

十一日　晴

早上煮面片吃，费的时间很长，而且大家吃得不痛快，还是继续发饷，自由买吃。

天天正午去海滨洗澡，捞蚌壳，消磨征途的时间。有时十数人结队而往，招摇过市，很惹得当地人惊异。我们这次处处受他们的欢迎，关心中国战事的人，都向我们问长问短。

十二日　晴

买埃及《金字塔报》来看，如同久别后的朋友突然相逢，异常感觉心爱。汉志没有日报，只有两份周刊。至于说到教育，也很幼稚，深觉其美中不足。

十三日　晴

子实把他为本团所拟就的“告世界回教教胞书”译为汉文，同星吾拟就的本团通讯一并寄国内外各大报。

回埃及

十四日　晴

东方既白，群起束整，礼罢晨拜，就赶赴码头。我们整队报数过海关，俨如军队，埃及的朝觐妇女们都乐我们。乘帆船，高唱国歌，离码头，万众瞩目。船开时已十二点半了。午餐时无线电播着音乐，悠悠然，顿忘了一二十天来的旅途辛苦。换句话说，由道山归来，重入红尘了。今天开始听到歌声，染了耳目声色之娱。但是所播的音乐，多半是关于描写圣地的歌曲，有时播《古兰经》，赞圣词和演说。子实闻歌欣然而喜曰：这是文明的象征。刚吃罢饭，无线电晓谕礼拜，悠悠然，使你精神向往，倍感回教的神圣。船名“快乐的公园”。

十五日　晴

船中生活颇快乐，因为饮食清洁，行动方便，三等舱乘客，可以与头二等舱乘客来往，不加干涉，这完全是回教的平等精神所赐，如果乘非回教的船，等级森严，难越雷池一步。同学们茶余饭后，随便谈笑，或访朋友，或与乘客们闲谈，宣传中国地大物博、中国文明、中国抗战，以及中国回教的各种情况。

晚间子实播音，演说中国回教人拥护抗战的情形及日机轰炸南北各省回民区域与清真寺的惨况，并说明日本没有回教，说去年东京建筑礼拜寺，全是欺骗回教同胞。最后引经据典说明日本野蛮无理，必遭主怒，并引事实证明中国为正义，求生存抗战之是，日本侵略之非。说完时，全船中掌声雷动。

十六日　晴

风波甚大，船簸荡不已。晨十二时抵西奈。此地以山得名，这座山就是穆沙圣人聆听真主的命令之处。下船的时候，听说穿什么衣服蒸什么衣服，其余的东西只要喷洒点消菌药水完事。到什物蒸馏处，旅客们所带的东西全得交出蒸馏。维谅、子敏向医生接洽，说我们的东西都是很清洁的，我们的身体也非常健康，医生知道我们是中国学生团，很表示欢迎，立刻命夫役搬我们的行李通过，免去蒸洗之烦。过了这道关口，行李搬上汽车，我们另外乘了两辆汽车，刹那之间，便到了养息所。路虽是那样的短，依然要用汽车代步。

每座养息所可容二十人，我们分据了两个屋子，每人一块地板而睡。室内非常清净。这西奈山是世界著名的停船检疫所，它临着海洋，靠着大山，山间干燥的空气和海洋湿润的空气相混合，空气调和，温度适宜。

检疫所非常地清洁而有秩序。每个院落里有对排的八所房子，有四个厕所和沐浴室，两个男用，两个女用。院子正中，有自来水管，可以洗衣盥漱。两个院落之间，有座礼拜厅。临时的贩卖铺、咖啡馆、饭店，生意活跃一时。已经建筑完竣的检疫所，有四十排房子，可容两万多人，已经布置而未筑的尚多。

晚上医生来检验，每人发瓷盆一个，供盛大便，限即交差。有生以来，恐怕要算今天的大便金贵了。

十七日　晴

我们被围在这铁丝网的栅栏内，一步也不能走动，不然海边走走，游游西奈山，凭吊凭吊穆沙圣人受命所在地的遗迹，也是很幸运的。我们对山远望，有所思索。西奈幽幽，心中缥缈，终不得穆沙与真主交言的地方，究在何处。

打电话给爱大校长和邱领事。

十八日　晴

爱大校长回电恭贺我们。下午五时，与医生合影，并与爱大同学合影留纪念。

晚拜后，爱大朝觐团请我们过去用茶点，互相认识，诵天经，做祈祷，致欢迎词。由海维谅君代表我们致答词，并说故事，闹余兴不小，十时半宾主尽欢而散。

十九日　晴

晨七时，医生来检验过，整理行装，准备上船。三天牢笼般生活就此告终。大门启锁后，进来大批警察，催促客人赶快走。感谢真主，他们下了逐客令，这是我们最希望的。一个英国人职员带来大批脚夫，搬运行李上汽车，我们随之登车去码头。下午四时别了西奈。

二十日　晴

晨七时抵苏伊士，八时下船。码头上欢迎的人鹄立，举手摇巾，与船上的亲朋相呼应，欢腾异常。这么多人，但哪一个是欢迎我们的呢?

过海关时，行李由海维谅、胡炳权二君照料，交涉免除检查。我们排队而出，登火车，适遇粟宗嵩先生来欢迎我们，相见之下，不胜快乐。道罢别后情况，粟宗嵩先生即报告一月来中日战事的状况及国内各情。

行李搬上车后，听说下午才开，而车票的价值是三元二角，雇汽车每人只不过三元，两小时即可到开罗。后来决定乘汽车，行李复由车上搬下，车雇好了，每辆坐七个人，车夫要添四位乘客，要分我们的一辆车子，因出言不逊，闹了一点别扭，生意几乎瓦解，最后来同我好言商量，才允许他们加客。

车先后抵达开罗，走进我们的屋子，云天雾地，飘飘然如登仙境。一切还足照常，但以生疏的眼睛来看，似乎有点不同。曾几何时，我们是由另一天地回到我们原来的世界了。

图书在版编目（CIP）数据

埃及九年 / 庞士谦著 . -- 北京 : 华文出版社, 2017.11

ISBN 978-7-5075-4785-6

Ⅰ. ①埃… Ⅱ. ①庞… Ⅲ. ①日记-作品集-中国-当代 ②回忆录-中国-当代 Ⅳ. ①I217.2

中国版本图书馆CIP数据核字（2017）第270721号

埃及九年

作　　者：庞士谦
策　　划：杨　平
责任编辑：杨　宁　郭俊萍
特邀编辑：周嘉玲
出版发行：華文出版社
社　　址：北京市西城区广外大街305号8区2号楼
邮政编码：100055
网　　址：http://www.hwcbs.com.cn
电子信箱：sinoculturepress@yahoo.com
电　　话：总编室 010-58336239　发行部 010-58336270
　　　　　责任编辑 010-58336258
经　　销：新华书店
印　　刷：北京联兴盛业印刷股份有限公司
开　　本：710×1000　1/16
印　　张：13.75
字　　数：80 千字
版　　次：2018 年 1 月第 1 版
印　　次：2018 年 1 月第 1 次印刷
标准书号：ISBN 978-7-5075-4785-6
定　　价：38.00 元